# 老中の矜持

本丸 目付部屋 3

藤木 桂



時代小説

二見時代小説文庫

目次

# 老中の矜持《きょうじ》——本丸 目付部屋 3

# 第一話　献　上

## 一

日頃はとんと関わることのない『奏者番《そうじゃばん》』という役職の大名から、「目付筆頭の妹尾《せのお》を呼べ」と、妹尾十左衛門久継《じゅうざえもんひさつぐ》が名指しで呼び出しを受けたのは、明和《めいわ》四年、六月某日の昼下がりのことであった。

奏者番というのは、江戸城中で行れるさまざまな儀式で司会を務める役職のことである。儀式中、大名や旗本が上様に拝謁する際には、その者らの姓名や役職を言上《ごんじよう》して、献上物があれば披露もし、また逆に上様よりその者らに下賜《かし》する品があれば、その差し渡しも奏者番が行った。

そうした儀式の進行上、大身《たいしん》の大名をも相手に上から命じて動かさねばならないため、奏者番には旗本身分の者ではなく、徳川譜代《とくがわふだい》十万石以下の大名たちのなかから頭脳明晰な人物が選ばれて任じられていた。

それというのも、さまざまな儀式の運行をすべて前もって自分の頭のなかに叩き込んでおき、時には多人数にもなる拝謁者の姓名や役職などを、書き留めた紙など見ずに空《そら》で上様に紹介しなければならないのである。

奏者番の仕事はこうしてかなりの緊張を強《し》いられるため、一日で交替の当番制になっている。今、奏者番は二十六名いて、なかでも優秀な筆頭格の四名が『寺社奉行《じしゃぶぎょう》』の職をも兼任することになっていた。

今回、「目付筆頭の妹尾を呼べ」と言ってきたのは、寺社奉行兼任の四名のなかの一人で、ことに「切れ者」と評判の高い久世大和守広明《くぜやまとのかみひろあきら》だそうである。

大和守の使いとして、目付部屋まで十左衛門を呼びに来たのは表坊主であったが、「どうぞ、こちらに……」と案内されたその場所が、なんと奏者番方の『下部屋《したべや》』だったことに、十左衛門は少なからず驚いた。

下部屋というのは、城内に長時間勤務する者たちがそれぞれに着替えや休憩に使う、持ち部屋のようなものである。「目付方には、この座敷」「奏者番方には、この座敷」という風に役方ごとに下部屋を与えられて共同で使うのだが、つまりそれは「その役方以外の者は、勝手に入ってはならない」ということで、外部に聞かれたくない内談をする際にもよく使用するのである。

その下部屋に「入ってこい」というのだから、久世大和守の用件は他人《ひと》に聞かれたくないような代物《しろもの》であるに違いなかった。

「呼び立てて、相済まぬ」

「いえ。とんでもございませぬ」

使いを済ませた表坊主が立ち去ると早々に、久世大和守はせわしなく話し始めた。

「実は今、『蘇鉄之間《そてつのま》』に、盛岡藩《もりおかはん》・南部《なんぶ》家より使者が参っておるのだが、言うことをきかず、ごねておるのだ。すまぬが、そなた、これより蘇鉄之間に出向いて、城の礼法を指揮する幕府目付として、説教してやってくれ」

蘇鉄之間というのは、全面の襖に蘇鉄の絵が描かれた七十畳ほどの細長い座敷で、玄関からもさほど遠くない場所にある。大名家から何かの用事で江戸城に使いが出された際、使者たちの控え室として解放されていたのが『蘇鉄之間』であった。

だが一体、その蘇鉄之間に行って、何を説教してこいというのであろう。たしかに江戸城内における礼法の指導や監督は、自分ら目付方の仕事の一つではあるのだが、具体的に何をどう説教すればいいものか、いっこうに判らなかった。

「……説教、にござりまするか？」

「うむ。存分に、がみがみと叱りつけてやるがよいわ」

鼻息荒くそう言って大和守はいかにも不快そうに顔をしかめたが、やはり事情の説明はしてくれないようである。

仕方なく十左衛門は、再びこちらから切り出してみた。

「して、大和守さま。『ごねている』とは、いかように？」

「……ふん」

不機嫌を丸出しに大和守は鼻を鳴らしたが、それでようやく落ち着いたか、仔細を話す気になったようだった。

「あやつめ……。腹立たしゅうて、名なんぞきれいさっぱり忘れてやったが、南部家よりの使者として、献上の蠟燭《ろうそく》を持ってまいったのだ」

南部家といえば、陸奥《むつ》盛岡藩・十万石の藩主家である。

御三家《ごさんけ》や御三卿《ごさんきょう》、石高二十万石以上の大大名家は別にして、それより下の家格の大名家より献上品が持ち込まれた場合には、奏者番が応対に出ることになっている。

それゆえ「南部家より使者が参っている」という報せを受けて、奏者番方のなかで今日の当番であった久世大和守が、献上品の受け取り役として蘇鉄之間に出向いたという訳だった。

「したが、あの慮外者《りよがいもの》めが、いくら『わしが預かる』と申しても、『ご老中のどなたかでなくては、お渡しはできませぬ』と、いっこう言うことをきかぬのだ」

「『ご老中に……』と申されているのでございますか？」

いささか驚いて、十左衛門は目を丸くした。

「ですが、『ご老中のお預かり』となれば、やはり十万石では……」

「おう、そこよ！」

大和守は持っていた扇子《せんす》でポンと手を叩くと、一膝、身を乗り出してきた。

「いやな、実は南部家に限っては、どうした訳か、昔より『国持《くにもち》』と同等の、ご老中方の扱いになっておるのさ」

大和守の言う『国持』とは、『国持大名』のことである。

「領地ではなく、国を持つ」といわれるには、やはり最低でも二十万石くらいは有していなければならないところだが、盛岡藩の南部家については「国持」とはいえない十万石高の身上《しんしよう》であるにもかかわらず、幕府創成期に活躍した功により、国持大名家と同等に、献上物の受け取りは老中方の者がすることになっているそうだった。

「さようにござりましたか……」

なれば南部家の使者というのが「ご老中のどなたかに……」とごねたのも、うなずけるというものである。それを何ゆえ今回は老中ではなく奏者番の受け取りに、いわば格下げしたものか。

「では、こたびは何ゆえに、ご老中方のお出ましがございませんので？」

十左衛門が訊《たず》ねると、大和守はひょうきんに、肩をすくめて見せてきた。

「『手塞《てふさ》がり』であったのさ」

「ああ、なれば、『月番《つきばん》』のご老中がお忙しく……？」

こうした御殿内の雑事を引き受けてこなすのは、月番の老中の仕事である。

今、老中は四人いて、そのなかから毎月一人が当番になって、『月番』の仕事をこなすのだが、今月の月番老中は、たしか松平右京大夫輝高《まつだいらうきょうだいぶてるたか》であったと思う。

右京大夫は頭も良く、老中としてはなかなかに頼り甲斐のある立派な人物ではあったが、声も大きく、態度も大きく、短気ですぐに怒鳴り出すきらいがあり、一様に下の者らには怖がられている。

月番として、あれやこれやと忙しく、あちこちから呼び出しや判断や指示を求められて、キリキリと短気を起こしかけているのであろう右京大夫が、本来「国持」ではない十万石高の南部家献上品の受け取りを、代理の奏者番方に任せてしまうというのは、いかにもありそうなことに思われた。

「手塞がりの原因《もと》というのが、畏《おそ》れ多い。代理のこちらを呼びにまいった表坊主の話では、ご老中はちょうど上様の御用で呼ばれたらしい」

「いや、それでは、ご老中のお出《いで》がございませんのも、致し方ないところで……」

「さようであろう？　それを、あの馬鹿者め！　分別なくごねおってからに……！」

「……………」

久世大和守の言いように、つい笑いが出そうになって、十左衛門は必死でこらえた。この寺社奉行の文句の言いようは、根っこのところが明るくて、こんな難題が起っている最中だというのに、こうして話をしていても、嫌な感じに、いっこうならない。

下総関宿藩《しもうさせきやどはん》・五万八千石の藩主である久世大和守は、おそらくはまだ三十七、八歳かと見えるのだが、頭のよい人物ばかりの奏者番のなかから寺社奉行兼任に選ばれるほどだから、この先の出世も十分に望める御仁《ごじん》なのであろう。

存外、このざっくばらんな物言いが、久世大和守の「切れ者」としての印象を緩和して、それが人望にも繫《つな》がっているのかもしれなかった。

「大和守さま。では拙者、さっそくに、説教をしてまいりまする」

釣られて明るく十左衛門が言うと、大和守はついに笑い出した。

ガハハという言葉がぴったりの、大和守らしい笑いようである。

「おう。頼む、頼む。幕府目付の真髄を見せてやれ！」

「ははっ」

ちと大袈裟《おおげさ》にわざと明るく答えると、十左衛門は、奏者番方の下部屋を後にするのだった。

二

久世大和守に「あやつめ」だ、「慮外者」だ、「馬鹿者」だと評された陸奥盛岡藩・南部家よりの使者は、存外に若かった。

おそらくは三十前後といったところであろう。奏者番に代わって蘇鉄之間に現れて挨拶《あいさつ》をしてきた幕府の目付筆頭に、いよいよ身を固くしているようだった。

「僭越《せんえつ》ながら、私、『城使《じようし》』を相務《あいつと》めております神崎功次郎《かんざきこうじろう》と申す者にござります る」

諸藩において、こうして城使として幕府との連絡役を務めるのは、江戸在住の『留《る》守居《すい》』役の仕事である。一部の藩ではこの留守居を、江戸家老や用人《ようにん》が兼務している場合もあるようだが、たいていは盛岡藩と同様、留守居には家老や用人より家格の低い、いわゆる藩の中級の武家が任命されていることが多かった。

「ご事情につきましては、今しがた寺社御奉行・久世大和守さまより、あらかたお伺いをいたしたところにござりまする」

十左衛門がそう言うと、「……！」と微《かす》かに、目の前の南部家の城使は息を飲んだようだった。

「御奉行さまでいらっしゃいましたか……」

数いる奏者番のなかでも、寺社奉行を兼任する者にはとりわけ権限が与えられているということを、この陪臣《ばいしん》（徳川家以外の家臣）の神崎という男も知っていたのであろう。よりにもよって、その寺社奉行を兼ねた権力者を相手に、「格下の奏者番になど、大事な献上品は預けられぬ」と、喧嘩を売ってしまった訳である。

すっかり顔色を青くして、この先をどうすればいいのか必死で考えている様子の年若い城使に、十左衛門は穏やかな声を作って、助け舟を出してみた。

「いかがでございましょう。もしご尊家にご異存なくば、こたびが一件につきましては、いっさい何も相無かったこととして、改めて久世大和守さまにお預かりをいただけるよう、不肖、私が手配をさせていただきますが……」

「いえ」

と、だが神崎は、首を横に振ってきた。

「その儀につきましては、お心だけを有難く……」

「…………！」

南部家城使のそのあまりの即答ぶりに、十左衛門は少なからず驚いた。

この「神崎」とかいう若者は、自分が城使として盛岡藩・南部家の進退を背負っているということに、しっかりとした自覚があるのであろうか。

今ここで神崎が主張を曲げて、久世大和守に素直に頭を下げればともかく、もしもこのまま「是非にも、ご老中にお出ましのほどを……！」と、ごね続けたりしようものなら、南部家の使者が江戸城の御殿内で無礼にも暴言を吐いたとして、幕府を上げての大問題になるに違いないのだ。

「神崎どの」

まずは何より南部家の進退を案じている十左衛門は、おそらくむきになっているのであろう若い城使を相手に、説得にかかり始めた。

「ご尊家のお家柄を思えば、いかにも貴殿がお申し立てのほど、ご正論であられましょう。しかして本日、月番のご老中・松平右京大夫さまにあられましては、上様よりの急なお呼び出しこれあり、また他のご老中お三方におかれましても、ご非番ゆえ、すでに下城なされて城内にはおいでにならないとのこと。よって、こたびばかりは、どうか曲げてご堪忍のほどを……」

「いえ。その儀ばかりは……」

またも即答で、意地を張ってきた南部家の城使に、さすがに十左衛門も声高になった。

「神崎どの！」

「…………」

と、神崎は今度は何も答えずに、黙って畳に手をついて、こちらに頭を下げてきた。

「私のような一介の陪臣に、妹尾さまのご温情、まこと有難く嬉しいかぎりにござりまする」

まんざら世辞《せじ》や追従《ついしょう》でもなさそうにそう言うと、神崎功次郎は真っ直ぐに、十左衛門《こちら》に目を上げてきた。

「しかして、事は主家の家格にも関わりますこと……。私ごときが一存で、慣例を曲げる訳にはまいりませぬ。もし本日、ご老中方の皆々さまがご多忙にて、おいでのほどが難しゅうござれば、いつにても構いませぬ。このままに、幾日にても、お待ち申し上げる所存にござりまする」

「神崎どの……」

再び頭を下げてきた神崎功次郎に、もはや説得のしようもなく、十左衛門も黙り込むのだった。

そうしてやはり「陪臣の身でありながら、幕府役人の命《めい》をないがしろにして殿中を騒がせた」として、神崎功次郎は主家の屋敷に帰ることは許されず、若年寄の一人で丹波園部藩《たんばそのべはん》・二万七千石の藩主である小出信濃守《こいでしなののかみ》 英持《ふさよし》の屋敷に「お預け」となったのである。

三

翌日、老中や若年寄方の執務室である御用部屋のなかは、いつになく大騒ぎになっていた。

騒ぎの原因《もと》は、むろん前日の南部家城使・神崎功次郎の一件である。

昨日あの後、十左衛門は、神崎功次郎を蘇鉄之間に長く待たせたまま、神崎との会談の結果を久世大和守に報告するとともに、目付方の上役である若年寄方にも一件の経緯を報《しら》せに走った。そうして若年寄方のなかでは勤続十九年で首座である小出信濃守の判断で、

「この一件は盛岡藩の進退にも関わる大事ゆえ、なるだけ外部《そと》に話が漏れぬようにせねばならぬ。他藩へ神崎を預ければ、必定《ひつじょう》、噂にもなろうから、わしが屋敷で預かろう」

と、とりあえずの処置が決まり、神崎功次郎は今も小出信濃守の屋敷に「お預け」の身になっているのである。

小出信濃守より一件の経緯と処置について老中方に報告が上がったのは、つい今しがたのことで、それまで静かだった御用部屋のなかは一気に熱を帯び始めた。

今、ここは信濃守の計らいで同朋《どうぼう》や坊主たちはすべて人払いされており、御用部屋のなかには老中方の四人と、若年寄方の四人だけである。こうしてわざわざ人払いをして御用部屋で密談するのは、ごくめずらしいことだった。

「では何か、その何たら申す南部家の奴めは、受け取りをせんかった儂《わし》に非があると申しておるのか？」

激怒しているのは、献上品の受け取りを奏者番方にまわした今月の月番老中、松平

右京大夫輝高である。

上野高崎藩《こうずけたかさきはん》・七万二千石の藩主である右京大夫が本丸の老中になったのは、三十四歳の時であったが、九年経った今では、四名いる老中のなかでも首座に次ぐ二番目の地位となっている。

「いえ、まさか、そうしたことではございませんでしょうが……」

報告をしていた小出信濃守がなだめて言ったが、もとより右京大夫は短気な性質《たち》なので、腹が立ってたまらないらしい。

「『そうしたこと』であろうが！　そやつめは、この儂に文句があるゆえ、ごねておるのだ！」

「右京大夫さま……」

人払いの甲斐もなく大声を出している右京大夫を、小出信濃守が懸命になだめていると、

「ちと、よいかの」

と、横手から、松平右近将監武元《うこんのじようたけちか》が口を挟んできた。

上野館林藩《こうずけたてばやしはん》・五万四千石の藩主である松平右近将監武元は、本丸の老中になって二十年目の首座の老中で、今年で五十四歳になる。

「して、信濃。南部家のほうへは、いかがいたしたのだ？」

右近将監が訊いているのは、「盛岡藩・南部家へは、どのように報せたのか？」ということである。

訊かれたことの深い意味を読み取って、性質は穏やかながらも頭の回転の速い小出信濃守は、老中首座の問いに答えた。

「『城使・神崎に詮議の儀、此《こ》れあり』とだけ伝えまして、『仔細については、追って沙汰いたすゆえ、何事も幕府《こちら》よりの報せを待つよう、無駄に騒いでかえって家名を傷つけることのないように……』と、書面にて釘を刺しておきました」

「おう、さようか。重畳《ちょうじょう》、重畳……」

言葉の通り、いかにも満足げにうなずくと、首座の松平右近将監武元は、ゆっくりと一同の顔を見渡した。

「こたびが一件《こと》は、まこと信濃の申すよう、南部家の家名はおろか進退にも関わる大事ゆえ、審議のほども慎重に進めねばならぬ」

そう言うと、右近将監は「右京どの」と、次席老中である松平右京大夫輝高に向き直った。

「ちと、これより『右筆《ゆうひつ》』を呼び、事の一部始終を上書《じょうしょ》（上様への報告書）として書き留めさせるゆえ、すまぬが、いま一度、経緯のほどを話してくれぬか」

右近将監の言った「右筆」というのは『奥《おく》右筆』のことで、御用部屋とは廊下一つ隔てただけの近い座敷に常駐して、老中や若年寄たちの政務の補佐や秘書をする役目の者たちである。上様にお見せする上書はもちろん、大名や諸役人に宛てた公《おおやけ》の文書は、すべてこの右筆たちが書き上げていた。

「心得ましてござります」

首座の言葉に、さすがに右京大夫も神崎への腹立ちを抑えて、うなずいた。

昨日、松平右京大夫輝高が、「盛岡藩・南部家より、ご献上のお使者が参上してお られまする」と、表坊主の一人から廊下で声をかけられたのは、老中の『廻《まわ》り』の最中であったという。

『廻り』というのは、毎日、昼の九ツ頃（昼十二時頃）、月番の老中が本丸御殿内の決められた部屋部屋を巡り、それぞれの部屋に控えて待っている諸役人の者たちからの挨拶を受けてまわる、通例の行事である。

御用部屋を出発して、たとえば町奉行や勘定《かんじょう》奉行、大目付や目付などの待つ『中《なか》之間《のま》』や、大番頭《おおばんがしら》や書院番頭《しょいんばんがしら》、使番《つかいばん》などの待つ『菊《きく》之間《のま》』、奏者番や寺社奉行のいる『芙蓉之間《ふようのま》』などを通り抜けて、それぞれの座敷でそこに待つ役人たちからの挨拶を、簡潔に、あまり立ち止まりもせずに受け流して進むのだ。

それでも諸役人たちにとっては、老中へ顔見せや顔繋ぎのできるこの『廻り』は、出世の糸口として大切な機会である。それゆえ、たいていの場合は挨拶だけで、老中は再び御用部屋へと戻ってしまうのだが、ごくまれに廻りの途中で、願い出や報告など、声をかけてくる者があった。

昨日、「南部家よりのお使者が、蘇鉄之間でお待ちでございます」と、表坊主が声をかけてきたのも廻り途中の廊下でのことで、その時は、廻りが済んだらすぐに向かうつもりでいたのだが、いざ済ませて御用部屋まで戻ってくると、「上様より、お呼び出しでございます」と、奥勤めの坊主が部屋の前で待っていた。

それゆえ右京大夫は仕方なく、御用部屋付きの坊主の一人を奏者番方の詰所に走らせて、「南部家の献上品を、代わりに受け取りに行ってくれ」と頼んでおいたのである。

「難事や変事で火急の使者が参っているならともかく、献上品の受け取りだけのことゆえ、奏者番方に頼んだのでござる。そも上様が御用とあらば、何を差し置いても真っ先に参上するが道理というものでございましょうて」

鼻息荒く右京大夫が演説すると、

「まことに……」

と、横手から別の老中の一人が呼応した。

三河岡崎藩《みかわおかざきはん》・五万四千石の藩主、松平周防守康福《すおうのかみやすよし》、四十八歳である。周防守は本丸の老中になってからまだ三年しか経たぬ上、石高も次席老中の右京大夫より低いゆえ、歳は上だが、老中方のなかでは三番手となっている。

だが元来この周防守は「揉め事は、起きぬが一番」と考える風があり、万事なるだけ温和《おとな》しくしているほうが居心地のよい性質《たち》なので、歳下の右京大夫が何かと声高に自分の意見を通そうとしても、いっこう気にならないらしい。

今も、右京大夫を援護するように言い出した。

「盛岡藩の南部家なれば、たしか先般、お国許《くにもと》へと発たれたはず……。されば、こたびのご献上は、安着の報告《しらせ》にござりましょう。まずは通例の挨拶でございますので、受け取りを代理にしたとて、何の支障もござりますまい」

盛岡藩の現藩主は、南部大膳大夫利雄《だいぜんだいぶとしかつ》である。外様《とざま》大名である南部家の参勤交代は、江戸在府一年、国許一年で、それぞれ四月にその地を出立することが幕府からの命《めい》で決められている。

幕府はそれぞれの大名所領の所在地を考慮して、江戸に参府してくる大名と、国許に帰る大名とを複雑に組み合わせ、街道の混雑や江戸市中の極度な人口増加をできるだけ回避しているのだ。

通例の通り、今年四月に江戸を出立した南部家は、無事、六月の初めに国許入りを果たした。

大名はそうして国許に着くと、必ず幕府に安着の報告をする。石高や家柄によって、報告の仕方は異なり、書状のみの形で報告が済む家もあるのだが、外様十万石の南部家は、江戸常駐の留守居役を使者に、蠟燭を手土産《てみやげ》のように献上して、国許安着の挨拶に向かわせるのが決まりであった。

つまり今回の南部家よりの献上も安着の挨拶で、そうしたごく恒例の献上ゆえ、受け取り役が代理の奏者番になったからといって、「そうも目くじら立てることもあるまいに……」と、三席目の老中・周防守康福は、そう言いたいのである。

すると、その周防守の話を受けて、首座の右近将監が場をまとめ始めた。

「伊予《いよ》どのは、いかがか？」

首座が気を使って、わざわざ声をかけたのは、四番目、末席の老中・阿部伊予守《あべいよのかみ》正右《まさすけ》、四十二歳である。

備後福山藩《びんごふくやまはん》・十万石の藩主である伊予守は、二年前の十二月に老中になって本丸に来たばかりで、まだようやく一年半が経ったあたりであった。

どの役方も、入ったばかりの新参の頃は仕事の内容にも馴れておらず、古株に大きな顔をされて萎縮するばかりで、なかなかに辛い思いをするものである。

これは老中方においても同様で、末席の伊予守は、老中在任「九年」だの、「二十年」だのという古狸《ふるだぬき》の先輩老中らを前にして、自分からはまだほとんど何も言わないのが常であった。

「どうだな？　伊予どの。やはりこたびが一件は、南部家城使が行き過ぎたる行為《おこない》をいたしただけで、こちらの受け取りについては、『代理も、やむなし』と、お思いにならるれるか？」

「はい。やはり、私《わしら》もそのように……」

「うむ。なれば、大かた老中方が意見は決まりだな」

こうして本丸御殿内で起きた前代未聞の揉め事は、神崎功次郎や南部家にとっては、不本意かつ厳しい結末を迎える流れに、早くも乗り始めたのであった。

# 四

一方、その頃、十左衛門は、目付仲間の桐野仁之丞《きりのじんのじょう》忠周《ただちか》や徒目付《かち》ら数人とともに、『目付方御用所《ごようしょ》』のなかにいた。

目付方御用所というのは、徒目付やその下役の者たちが、詰所《つめしょ》として使用している大座敷である。

目付部屋ともさほど遠くない場所にあり、徒目付ら配下の者たちはこの目付方御用所で調査の報告書をまとめたりしながら、十左衛門ら目付たちから日々忙しく、さまざまに命《めい》が下るのを待っていた。

目付方御用所には二階があり、今、十左衛門や桐野たちが調べものをしているのも、その二階である。

皆がそれぞれに手にしているのは、目付方で毎日つけている日記であった。

日記には、その日、江戸城中で起こった特記すべき出来事や、本丸御殿内で行われた行事、上様への謁見、老中など幕府高官が行った面会や会談などが、簡潔にではあるが、きちんと記されている。

これはもともと『表右筆《おもて》』という幕府の書記方が書きまとめているものなのだが、その日一日の記録すべきこととして何を拾い、何を捨てるかの判断は、正直なところ難しい。

それゆえ目付の一人が『日記掛《がかり》』として、表右筆方が書き上げて見せてくる前日の日記を審査して、「足りぬ」と思う記録事項があれば、それについても追記を命じて、仕上げさせるのだ。

その『日記掛』を、今は桐野仁之丞が担当しているのである。

目付方では、その日記を、後々何かの考察に使えるよう、毎日、書き写して残していた。この書き写しが、『目付方御用所』の二階の隅に積み上げられている長持《ながもち》のなかに残されているのである。

その膨大な日記のなかから、今、十左衛門や桐野たちは、今回のような南部家の帰国報告の献上についての記録を探して、一つ一つ拾い上げていた。

南部家が今年、国許に帰ったということは、二年前、そのまた二年前と順番に辿っていけば、記録を拾えるはずである。外様大名である南部家の帰国は「四月に江戸を出立するように」と幕府に決められているから、江戸から陸奥の盛岡まで帰り着いて、その安着の報告をするのは、今年と同様、六月中であろうと予想された。

その隔年の六月に絞り、十左衛門らは手分けをして、日記のなかから南部家の献上の記録を懸命に拾い上げている最中なのである。

「ご筆頭、ございました！　宝暦《ほうれき》九年のこの年は、六月の十八日にござりまする」

見つけた喜びを丸出しに、桐野仁之丞が声を上げてきた。

「おう。なれば、八年前だな」

「はい」

返事とともに、桐野は書かれた場所を指で押さえて、さっそく十左衛門に見せに来た。

「こちら、肝心の『受け取り』でございますが、やはり奏者番方の受け取りらしゅうございますね」

「またも、奏者番か」

「はい」

桐野は、気の毒そうな顔をした。

「どうも、こう申しては何ですが、南部家はもとより石高が二十万に満たないせいか、お使者への扱いが、幾分かぞんざいなようで……」

「うむ……」

八年前の記録を前に十左衛門らが話していると、横で徒目付の一人が、また声を上げてきた。

「宝暦七年もございました。六月の二十一日の受け取りで、これはご老中方でござりまする」

「よし！」

と、十左衛門はうなずいて、改めて一同の顔を見まわした。

「なれば皆、面倒をかけるが、この調子で、あと二十年は前まで遡《さかのぼ》るぞ！」

「はっ」

「心得ましてござりまする」

それから、さらに二刻（四時間位）ほど後のことである。

十左衛門ら一同は、結局、四十年前まで遡って拾い出した南部家献上の記録を、見やすくなるよう、別紙に書き写してまとめる作業を行っていた。

一同のなかから字のきれいな徒目付を選んで清書してもらっているのだが、その作業を横から覗き込みながら、桐野仁之丞がしみじみと言い出した。

「こうして改めて比べますというと、やはり昔は本来の通り、いつにても必ずご老中のどなたかがお受けになっていたのでございますね」

「うむ……」

答えて十左衛門も、書き写しを覗き込んだ。

調べたなかでは一番古い四十年前から始まって、今ちょうど清書している十四年前までは、どの年も献上品の受け取りは、『老中　何某』と名が書かれている。

だがそのまま清書の作業を横手から見守っていると、十年前には『寺社奉行　何某』と、とうとう奏者番方の名前が出てきた。

まとめれば、十年前が奏者番で、八年前は老中、六年前はまた奏者番で、四年前にいったん老中に戻ったものの、その後は二年前も今年も続けて奏者番の扱いになっている。

「こりゃどうも、ひどいものだな……」

思わず本音で十左衛門がつぶやくと、横で桐野も大きくうなずいてきた。

「ご老中方は、さして何とも思われてないのやもしれませぬが、この扱いを受けている南部家のほうでは、『わが藩に、何ぞ思うところがあられるのでは……』と、ご老中方のお腹《はら》の内《うち》を疑いたくもなりましょうね」

「さようさな……」

おそらくは南部家も、「恒例の、ただの安着の報告ゆえ、ご老中方が皆さま手塞がりとあれば仕方がない」と、受け取りが代理の奏者番になっても我慢し続けてきたのであろう。

だが今年、前回の二年前に続いて、またも奏者番の扱いにされてしまった。

使者として登城してきた神崎功次郎は、蘇鉄之間に現れた奏者番の久世大和守を見て、愕然としたのであろう。

「これはいけない！　このまま何の主張もせずに、温和《おとな》しくこの奏者番に献上品を渡してしまったら、以後はおそらく毎回、奏者番の扱いになってしまうだろう。それはすなわち、わが南部家の家格が落とされるということだ！」

と、そう思ったに違いないのだ。

それゆえ、あの神崎という南部家の留守居役は、今、自分が単身、徳川家の城内に乗り込んでいる状態だというのに、身の危険も顧みず、「どうか従来の取り決めの通り、ご老中方にお取り次ぎを！」と、頑《がん》として主張し続けたのだ。

「これはどうにか、してやらねばなるまいな……」

十左衛門がつぶやくと、「はい」と、桐野もその先を重ねてきた。

「『主家を守らん』とするのは、私たち幕臣も同じことでございますゆえ……。こたび、その『神崎何某』という御仁の忠義が認められないとなれば、武士道の根本《もと》の道理が立ちませぬ」

「うむ。桐野どの、よう申してくれた」

頼もしく桐野仁之丞を見上げてうなずいて見せると、十左衛門は他の一同の顔をも見渡して、宣言した。

「皆が調べてくれたこの記録を持参して、まずは小出信濃守さまに談判してまいろうと思う」

「はい！」

と、桐野が返事をし、他の者たちも嬉しそうにうなずいている。

「なれば、さっそくではあるが、信濃守さまにご会談いただけるよう願書を書くゆえ、誰ぞ、若年寄方に使いに行ってもらえるか？」

そう言って十左衛門が配下の徒目付たちを見やると、皆それぞれに「では私が！」というように目を輝かせている。

気の利く一人が、願書を書けるようにと差し出してきた紙と矢立《やたて》を、十左衛門は受け取るのだった。

## 五

若年寄方の首座として、日々多忙な小出信濃守と面談ができたのは、それから五日ほどして後のことであった。

今、十左衛門は信濃守に呼ばれて、小出家の上屋敷を訪れていた。

老中や若年寄たちは、危急の際、いち早く江戸城に駆けつけることができるよう、在任中は西ノ丸のすぐそばの、俗に「西ノ丸下」と呼ばれる一画に、屋敷が与えられている。

その西ノ丸下にある小出家上屋敷の客間で、信濃守と二人きり、余人を入れず向き合っているのだが、たった今聞かされた御用部屋内での神崎の進退の話は、すこぶる先の暗いものだった。

「なれば、ご老中方の皆さまには『あの神崎《もの》には、重く沙汰あるべき』として、すでにお決めであられますので？」

思わず十左衛門が詰め寄ると、小出信濃守は「こちらに来るな」とでも言うように、手を宙にかざして押し止めるようにした。

「そう、急《せ》くな。まだ決まった訳ではない」

「……はい」

そう返事はしたものの、十左衛門の険《けわ》しい顔は直るものではない。

そんな十左衛門の様子に、信濃守は苦笑いになった。

「おい、十左よ。おぬし、目付方の者らを相手にしても、そうして何でも顔に出して話すのか？」

「いえ。そうしたことは……」

自分でも、なぜか信濃守の前では、どこか気持ちが甘えてしまうのかもしれないとは思ったが、さりとて今は神崎の話の最中で、悠長な世間話をしている場合ではないのである。

すると信濃守もため息を一つして、あきらめたように話を戻してきた。

「まあ、たしかに、こうして改めて書き出されてみれば、ここ十年が扱いようは、ひどいものとは思うがな……」

言いながら信濃守が手に持って眺めているのは、十左衛門が桐野らとともに日記のなかから拾い出して書き並べた、南部家の献上の際の記録である。

「とはいえ、おそらくご老中方々は、忙《せわ》しさゆえに代理を立てただけのことで、何ら思惑があってのものではないと思うがな」

「はい。むろん、さようではございましょうが……」

十左衛門も、その点については、同様に読んでいる。

「ですが、やはり『十万石の南部家なれば、代理でもよかろう』と、いささか軽んじる風があられますのも確かなことで……」

老中方は、日々あれこれと忙しいため、恒例の献上物の受け取りなどは瑣末な仕事《もの》と感じられているのであろうが、一方の南部家にしてみれば、『上様への献上』は藩を上げての大仕事に違いなく、その晴れの『献上』で、ここまでないがしろにされ続ければ、不審感を抱くのも当然のことである。

「もしや幕府は、わが藩の家格を落とすつもりではあるまいか？」と、疑惑の念を持たれても仕方ないほどの扱いなのだ。

「信濃守さま」

十左衛門は、また一膝にじり寄ると、信濃守を真っ直ぐに見上げて言った。

「御用部屋《おへや》にて、どうかこの写しを、ご老中方の皆さまに……！」

「……駄目だ。今は待て」

「信濃守さま！」

今にも本当に詰め寄ってきそうな十左衛門に、信濃守は首を横に振って見せた。

「今は諸方、腹を立てている最中なのだ。こんな時にうかうかと、かような書付など突きつけてみよ。『老中方《こちら》の対応の悪さを、あげつらっておるのか？』と、右京大夫さまなど、よけいに臍《へそ》を曲げられるに決まっておる」

「…………」

悔しいが、たしかに信濃守の言う通りであろう。

埃《ほこり》まみれの長持を次々開けて、あれだけ頑張ってくれた桐野たちの顔が目に浮かんできた。

「お預かりの南部家よりのお使者は、その後いかがでございましょうか？」

せめて、桐野たちも案じている神崎の様子を知りたいと思ったのだが、信濃守の答えは取りつく島もないものだった。

「会《お》うてないゆえ、判らぬ」

「…………？」

驚いて目を上げると、信濃守は淡々と先を重ねた。

「下手《へた》に会うて話などいたせば、何を嘆願されるか判らぬゆえな。世話はすべて小出《うち》の家中に任せて、儂はいっさい関わらぬようにしておるのだ。だがまあ、飯はしっかりと残さず喰えておるようゆえ、とりあえず案ずることはなかろう」

「……はい」

唇を嚙んで、十左衛門は黙り込むのだった。

六

あの訪問以来、小出信濃守からは何の連絡ももらえぬままに悶々と日は過ぎていき、すでに十日が経とうとしていた。

神崎や南部家についての情報がもたらされたのは、思いがけない人物からであった。奏者番方で寺社奉行兼任の、久世大和守広明である。

その日、十左衛門は宿直《とのい》の番で、夕方の七ツ（午後四時頃）少し前に登城してきたのだが、目付部屋に出勤するべく御殿内の廊下を歩いていると、ちょうど仕事を終えて帰ろうとする久世大和守に行き会って、

「妹尾どの。ちと、よいか」

と、またも奏者番方の下部屋に誘いを受けたのである。

「聞いたか？　あの南部家の使いの話だ」

「はあ……」

答えに困って、十左衛門は、じっとこちらを見ている大和守の視線を避けて、目を落とした。

奏者番になど渡せぬと、神崎にコケにされた当人である。その神崎功次郎に良い感情を抱いている訳がなく、またも南部家や神崎に不利な話でも聞かされるのではないかと、十左衛門は覚悟した。

だが、どうやら十左衛門のその読みは違っていたようである。実際、思いもしなかったことだが、久世大和守は、南部家や神崎自身の身の上を案じてやっていたようであった。

「いやな、貴殿に説教を頼んだあの時は、こちらも憤慨しておったゆえ、ああした話になったのだが、日が過ぎて、とうに腹立ちもおさまったせいか、あの男の言うことにも道理があると思えてきてな……」

たかが帰国の挨拶とはいえど、主家を背負って献上品を届けに来ているのだから、老中の応対の格を奏者番に落とされれば、「主家の家格を守らねば！」と、そう思うのが当たり前のことである。

それでも軟弱な者ならば、自分が単身、江戸城に踏み込んでいることにおののいて、幕府に対し、何の文句も言えぬまま、とりあえず主家の屋敷に帰っていくのであろうが、神崎功次郎は「主家の家格を守らん」として毅然と主張してのけたのだ。

「小憎らしいあの面《つら》を思い出せば、今でも腹が立たん訳でもないが、『もしこちらが南部利雄どののお立場であったら……』と思うと、あれほどに忠義の家臣はなかなかおらぬであろうゆえな」

「大和守さま……」

久世大和守の心の広さに、十左衛門は思わず神崎に成り代わって、深々と頭を下げていた。

この久世大和守広明は、四人いる寺社奉行のなかでもことさらに評判が高く、「そう遠くないうちに、『京都所司代《きようとしよしだい》』か『大坂城代《おおさかじようだい》』あたりにご出世なさるに違いない」と噂されている人物である。

京や大坂に出た後の出世は『老中』か『若年寄』なのだが、大和守は五万八千石の下総関宿藩の藩主だから、家格としては『老中』になるに十分である。

こうした方が上様よりご信頼を受けてご老中になっていかれるのであろうと、十左衛門が感慨深く思っていると、前で当人の大和守は、やけに鬱々《うつうつ》として大きなため息をついた。

「南部家が、どうやら割れておるらしいぞ」

「え？　割れているとは、どのように？」

感慨から覚めて、十左衛門が訊き直すと、大和守は、またも派手にため息をついて見せてきた。

「神崎を『忠義の者』として守らんとしている一派と、幕府にたてついた神崎に『よけいなことをしてくれた』と腹を立てている一派との真っ二つに分かれて、藩全体が侃々諤々《かんかんがくがく》、揉めに揉めておるらしい」

そうして今や、どうやら後者のほうが優勢で、藩内では「幕府の怒りを鎮《しず》めるためにも、神崎には早々に南部家より切腹を命じるべきだ」とする声が高まっているということだった。

「なんと……！」

主家のために命を張った神崎に対して、あまりにもひどい仕打ちである。

わなわなとして十左衛門が言葉を失っていると、大和守はその様子を見て取ったものか、また自分でしゃべり出した。

「一藩の進退に関わることゆえ、御用部屋《おへや》でも、いまだ処置を決めかねておられるのであろうが、こうしたことは長引けば長引くほど格好の噂となり、世間に対し、幕府もいよいよ引っ込みがつかなくなろうからな。おそらくはもう大名家のなかに、知らぬ家《うち》などなかろうて」

「…………」

頭のなかに、今、浮かんでいる顔は、小出信濃守のそれである。

先日のあの様子では、前もっての許しも得ずに訪ねていって、お屋敷に入れてもらえるかどうかさえ判らなかったが、それでもやはり神崎にどうあっても会わせてもらわねばならない。

久世大和守と別れると、十左衛門は「今宵の宿直番を代わって欲しい」と頼むべく、桐野を探して目付部屋へと急ぐのだった。

## 七

久世大和守と別れて、一刻（二時間位）と経たないうちのことである。

十左衛門は、西ノ丸下にある小出信濃守の屋敷の奥座敷で、神崎功次郎と二人きり、余人を入れずに向き合っていた。

不躾《ぶしつけ》に訪ねてきた十左衛門を玄関先に待たせておいて、小出家の用人は主人・信濃守に対応の指示を仰《あお》ぎに行ったようだったが、小半刻（三十分位）もすると、「面談のお支度が整いましてございます」と、神崎が軟禁されている奥座敷へと案内してくれた。

そして今、神崎とは、蘇鉄之間で話して以来の二度目の会談となる。

前に信濃守から「飯だけは残さず喰っているようだ」と聞かされていたが、その通りのようで、神崎功次郎にやつれた様子は微塵もなかった。

その神崎に向かい、十左衛門はまずは一声、自分が今思ったままを口に出した。

「いかがでござろう？　先般お会いいたして以来、神崎どのには、お変わりなきご様子とお見受けいたすが……」

「はい。信濃守さまのご温情にて、つつがなく相過ごさせていただきました」

「…………？」

ここではなく、どこか他の屋敷にでも、お預けを移されることが決まったのであろうか。「つつがなく相過ごさせていただきました」と言い切ったその言葉に、十左衛門は引っかかりを感じたが、さりとてそこを突っ込んで、お預けを移されるのか訊いてみたところで仕方がない。

今日こうして信濃守に無理を言い、二人きりで会わせてもらったのは、自分が神崎と相対で話して、幕府に対し、右京大夫に対し、久世大和守に対し、先日の無礼を詫びて素直な態度を見せるよう説得するためなのだ。

命をかけて主家を守ろうとした神崎に「いいから頭を下げろ」と言うのは、十左衛門自身、納得のしかねる、嫌な役目ではある。

だが今や、神崎の主家たる南部家では、「幕府の機嫌をこれ以上損ねぬためには、神崎に切腹の命《めい》を下すべき」との声が上がっているのだから、なれば藩のためにも、おのれの身の安泰のためにも、ここで幕府や老中や奏者番に対し、頭を下げてしまったほうが得策に違いないのだ。

とはいえ、この人一倍筋の通った男を相手に、「武士道を捨てよ」と説得するには、どこから何をどう切り出せばよいものか……。

自分自身、心にもないことを言わねばならない難しさに、いつになく十左衛門が言葉に苦しんでいると、そんな十左衛門にはまったくもって気づかないらしく、前で神崎功次郎は世間話などし始めた。

「先日こちらで、『子持ち鱸《すずき》』というのを頂戴いたしました」

「え?」

いきなり暢気《のんき》に話されて、十左衛門は一瞬、話についていけずに、熟考した。

「……ああ。魚の鱸でございますな」

「はい」

神崎は大きくうなずいて、見れば心底、爽やかな顔つきになっている。そうして、好物の話をする女子供のように、嬉しそうに先を続けた。

「鱸は以前、ほんの幾度かなのですが、食したこともございましたが、ああした子持ちのものというのは、初めてでございまして……。いや何とも、まことに美味《おい》しゅうございました」

「ほう……。さように美味《うも》うござりまするか？　いや、拙者も、子持ちのものなどは、見たことも……」

これは本当に嘘も衒《てら》いもない話で、鱸の子持ちなどというものは、我が妹尾家では一度も出てきた例はない。想像するだに美味そうで、つい十左衛門が一瞬、場所柄を忘れて魚のことを考えていると、そんな十左衛門を相手に、神崎がしみじみとした調子で言い出した。

「食する物のことばかりではなく、まことこちらのお屋敷では、大事にしていただきました。私のような、ご城内《めいど》をお騒がせした不届き者に、身に余るご温情でございます。この有難きご温情を冥土の土産《みやげ》に、こたびが一件のお詫びとして、不肖、私、腹を切らせていただきとうございまする」

「いや、それは……！　神崎どの……！」

驚いて、思わず膝を進めた十左衛門に、神崎は素直な顔で、嬉しそうに笑って言った。

「またも重ねてご面倒をおかけすることと相成りますが、どうか妹尾さまに、諸方お許しをいただけますようお手配のほど、お願いいたしたく……」

「いや、どうかお待ちくだされ！　いまだこの一件、何らのお沙汰が出ている訳でもございませぬし、そのように性急に……！」

十左衛門が必死で止めて言い繋ぐと、それに被せるようにして、神崎が声を張ってきた。

「お沙汰の出ておらぬ今だからこそ、腹を切りたいのでございます！　私が腹切ることが、やはり一等、収まりがよいことと……。今なれば、私一人で、主家を守れるやもしれませぬ」

「………」

あの小出信濃守のことだから、おそらくは神崎を、完全な形で世間から隔絶していたに違いない。なので今、神崎が自分で口にした『切腹』も、南部家で上がっている批判の声を耳にしてのことではないのであろう。

　この神崎功次郎という男は、心底「忠義の者」なのだ。

「ご貴殿のご嘆願、たしかにお受けいたした！　この上は、不肖、目付筆頭の拙者に、万事お任せをいただきたく存ずる」

「はい。どうかよろしゅう、お願いをいたしまする……」

　その声の最後が震えて、見れば、さすがに神崎も、あふれ出る涙をこらえきれずにいるようである。

「…………」

　十左衛門は何も言わずに居住まいを正すと、畳に手をついて挨拶の礼を残し、神崎の前から辞するのだった。

八

　事はおそらく、神崎の側からだけでなく、急を要しているのであろう。

　十左衛門は先日の桐野や配下の者たちに頼んで、南部家の実際の様子《ところ》を探ってもらう一方で、自分のほうは小出信濃守をはじめ、右京大夫ら老中方々の一人一人に願書を出した。

いま一度、神崎の一件について吟味の席を設けてもらえるよう、目付筆頭の自分に、「江戸城内の礼法を指揮する役目を担う者」として、その吟味の席への立ち合いを許可してもらえるよう、この二点を上《うえ》つ方《かた》の面々に直《じか》に願い出たのである。

おそらく裏で小出信濃守が援護して、老中方々を説得してくれたに違いない。

願書を出して二日の後には、皆あれほどに忙しく政務に追われているというのに、「なれば、改めて一件の吟味をしようから、明日の昼過ぎ、妹尾単身にて御用部屋に参れ」と、有難くも返事をいただくことができたのである。

そうして今、十左衛門は、同朋も坊主も奥右筆さえも人払いした御用部屋の一番の下座で、老中四人、若年寄四人の総勢を前にして、平伏の形を取ったまま、懸命に神崎を救うべく話をしていた。

「今、お手元に配らせていただきました書付は、ここ四十年ばかりの南部家ご献上の記録の写しにござりまする」

「ふん！」

忌々《いまいま》しげに鼻を鳴らしてきたのは、次席老中の松平右京大夫輝高である。

その怒気の圧迫に負けるまいと、十左衛門は自分を奮《ふる》い立たせて、先を続けた。

「この記録にても明白でございますように、南部家よりのお受け取りに代理が多くなられましたのは、ついここ十年がことにございまして……」

「おい、十左衛門！」

と、とうとう堪忍袋《かんにんぶくろ》の緒が切れて、右京大夫が騒ぎ出した。

「おぬしはそうして『南部家が気の毒だ』と申したいのであろうが、儂ら老中はとにかく忙しいのだ。そなたとて、この儂らの忙しさについては重々知っておるだろうに」

「それはもう、むろんのことでござりまする」

そう言ってさらに平伏を低くして、額を畳にすりつけている十左衛門を見下ろして、右京大夫は少しだけ溜飲《りゅういん》を下げたようだった。

「よし。なればもう、これが記録の話は終《しま》いだ。こうした書付《もの》は、まるで老中方《わしら》が、あげつらわれておるようで、反吐《へど》が出る」

言葉通り、右京大夫は苦々しげにしかめっ面をして、十左衛門が配った書付をビリビリと引き破いた。

「右京どの……」

いささか子供じみてもいる右京大夫の行動に、老中首座の松平右近将監武元が、横手から戒《いまし》めの声をかけたが、右京大夫はわずかにうなずいて見せただけで、平気の体《てい》である。

だがそんな老中たちのやり取りには構わずに、十左衛門は再び声を上げた。

「されどこの書付につきましては、いま一度、重ねて申し上げたき儀がございまする」

「なにっ！」

カッと短気に火がついた右京大夫を視線だけで押し止《とど》めて、首座の右近将監が十左衛門に答えてきた。

「よかろう。もとより今日は、そなたら目付方の常日頃の手柄に免じて、こうして場を開いたのだ。何にても、儂が許す。気の済むまで申してみよ」

「ははっ。身に余る光栄にござりまする」

懐《ふところ》の深い老中首座の言葉に、十左衛門は心底から、そう礼を言った。

だが、その有難く思う気持ちのせいで、これから言わねばならないことに遠慮を感じてはいけない。

十左衛門は、自ら切腹を望んで涙していた神崎の顔を必死に脳裏に再現して、自分を再び奮い立たせた。

「南部家ご献上の際の、度重なる代理立てが、幕府として南部家に何ら思惑あってのことではないということを重々承知いたした上で、申し上げとうございます」

「うむ」

大きくうなずいてくれた老中首座に、ほんのわずか、申し訳なさを感じながら、十左衛門は先を続けた。

「ご多忙であられぬ日などございませんほどのお忙しさゆえ、皆さま、その折々で、いたし方なく代理をお立てになられたこととは存じまするが、ただやはり『十万石の南部家なれば、たまには代理でよいのではなかろうか』と、南部家をいささか軽んじられる風があられますのも確かなことでございませんかと……」

「十左衛門！」

横手から止めてきたのは、若年寄方筆頭の小出信濃守である。

先日、自分の屋敷まで十左衛門を呼び出した際に、これと同じ流れで話が進んでいったのを思い出したようだった。

「右近将監さまのご温情に甘えて、出過ぎた真似をするでない。控えぬか」

「よい。信濃、止めるな」

「ははっ」

老中首座に言われて、信濃守は即座に引いていったが、その信濃守にも、「よいよい。そなたの気持ちは有難く受け取った」とでも言うように、右近将監は目でうなずいて見せている。

そうして、くるりと下座にいる十左衛門に顔を向けると、せっついて、こう言った。

「して、何だ？　続きがあらば、疾《と》く話せ」

「さよう、さよう」

首座の言葉に乗っかって、ここぞと言ってきたのは、次席の右京大夫である。

「おまえの口が悪いことなど、皆とうに知っておるわ。だらだらと勿体《もったい》をつけずに、文句があるなら、とっとと申せ！」

「はい。なれば……」

「ふん」

苦りきった顔の右京大夫を尻目に、十左衛門は話し始めた。

「私はただ、『我が身』に置き換えただけのことにございまして……」

十左衛門が、まず自分を置き換えたのは、南部家の当主・南部大膳大夫利雄である。

「我が妹尾家はたかだか千石でございますので、十万石の南部さまとは比べようとてございませんのですが……」

それでももし幕府から「家禄はいつも通りに千石やるが、旗本の身分のほうは今年いっぱい、あきらめてもらいたい。御目見《おめみえ》のできぬ御家人として今年は扱う」などと言われでもしたら、とてものこと平常心ではいられぬに違いない。

そう考えてみれば、今回の献上で、家格の低い扱いを受けた南部家の使者が、「主家が、ないがしろにされた！」と憤慨して、家格を戻してもらうべく、ああして意地を張ったのも、うなずけると思ったのだ。

「また逆に、畏れ多いことではござりまするが、もし私が京都の所司代《しょしだい》さま方のように、朝廷のお公家《くげ》さま方をお相手に、上様のご権威を守らねばならぬお役目でありましたなら、まさしく神崎功次郎がごとく、京で単身、腹切る覚悟をいたしましても、幕府の権威を守るべく意地を張ったに違いないと……」

「うむ……」

しみじみとうなずいてきたのは、右京大夫である。

老中に出世する道には、京都所司代や大坂城代、若年寄、寺社奉行といった、なかなかに難しい修業の役職があるのだが、なかでも京都所司代は朝廷や公家たちを相手にしなければならないから、心痛も苦労も多い。

今いる四人の老中のなかでは、次席の右京大夫と、四人目の末席・阿部伊予守とが京都所司代から上がってきた出世組で、今の十左衛門の例え話に、京都時代のさまざまな苦労を思い出したようだった。

「して、そう我が身に置き換えてみましたならば……」

十左衛門が続きを話そうとした途端、

「相判《あいわか》った！」

と、右京大夫が、十左衛門の口を止めにかかった。

「もう、よい。言うな。こたびが一件《こと》は、あの使者の忠義に免じて、儂は赦《ゆる》す」

いきなり勝手にそう言うと、右京大夫は後から思い出して慌てたように、首座の右近将監に向き直った。

「右近さま。いかがなものでございましょうか？」

「よいわさ」

ふっと、右近将監は笑い出した。こうして次席が暴走し、それでも別に悪気はないものだから、慌てて首座の自分に気を使ってくるのには慣れている。

「こうした一件《こと》ゆえ、むろん上様のご裁断をも仰がねばならぬであろうが、もとより一藩の進退を危うくするお沙汰など、上様がお出しになるはずがない。まずは『遠慮《えんりょ》』か『逼塞《ひっそく》』、神崎当人がほうは、しばらくの『押込《おしこめ》』くらいで終わろうて……」

右近将監の言う『遠慮』だの『逼塞』だのというのは、武家が何らで罰せられる際の、処罰の種類である。

どちらも屋敷の門扉《もんぴ》を閉じて、主人以下、家臣皆で屋敷のなかに控えて暮らし、三十日や五十日という一定期間は、日中の人の出入りを禁ずるものなのだが、そうは言っても夜間の出入りは許されていて、商人に頼めば買い物もできるから、南部家に遠慮や逼塞が命じられても、そう大変な刑ではないのである。

また『押込』というのも同様で、自分の家のなかに謹慎し、外部との交流を禁じられる刑である。これは遠慮や逼塞と違って、ごく小禄の武家に対する禁固刑になっていた。

つまり『押込』られるのは、神崎ということになろう。

「ふん……。またも、おぬしの思う通りに決まったな。この口八丁《くちはっちょう》めが！」

十左衛門に毒づいてきたのは、右京大夫である。

その右京大夫に十左衛門が改めて深々と頭を下げて見せていると、横手から、首座の右近将監が声をかけてきた。

「しかして、十左よ」

「はい」

『しかして』の言葉の続きに、よもや神崎や南部家の厳罰などはあるまいがと、十左衛門が再び緊張していると、首座はこう続けてきた。

「右京どのではないが、そなたも、そろそろ『その口』を、京や大坂、長崎《ながさき》あたりで使ってみてはどうだ？」

京や大坂、長崎というのは、いわゆる『遠国奉行《おんごく》』のことである。

他にも佐渡《さど》や日光《にっこう》といった遠国もあるのだが、『京都町奉行』や『大坂町奉行』、『長崎奉行』などというのは、場所柄、治めるのが難しいゆえ、旗本の出世の花道の一つで、遠国奉行を務めた先には、旗本職としては最高位といえる江戸町奉行や大目付といった役職も見えてくるのだ。

「いえ……」

だが十左衛門には、その道に憧れは微塵も感じられなかった。

「私は、やはり目付方のあの部屋が、居心地がようございますので……」

「ちっ！」

いささか下卑《げび》て舌打ちをしたのは、やはり右京大夫である。

「右近さま。こやつめは、どうでこうして情《なさけ》をかけても断りますので、言えば、腹の立ちますばかりでございまして……」

「申し訳もござりませぬ」

めずらしく本当にすまなそうな顔をした十左衛門に、「ふっ」と思わず小さく笑い出したのは、老中方々に遠慮して、隅に控えていた小出信濃守であった。

十左衛門が御用部屋を辞した時には、もうだいぶ西日が強くなっていた。

いつもなら昼八ツ（午後二時頃）過ぎには帰ろうというご老中方々を、こんな夕刻までつき合わせてしまったのであるから、これからは当分の間、右京大夫に嫌味を言われ続けることだろう。

その嫌味で怒りんぼうの次席老中を、自分が存外、かなり好ましく感じていることに今更ながらに気がついて、十左衛門は一人廊下を歩きながら、笑いをこらえるのだった。

桐野らが案じて待ってくれているであろう目付部屋は、もうすぐである。

# 第二話　系図

## 一

その晩、目付の一人である赤堀小太郎乗顕《あかほりこたろうのりあき》は、配下の徒目付《かち》・本間柊次郎《ほんまとうじろう》とともに、馬喰町《ばくろちょう》の裏通りにある居酒屋を訪れていた。

いわゆる安手の居酒屋で、酒も肴《さかな》も驚くほどに安いのだが、美味《うま》くはない。

おまけに、「お武家さま、どうぞこちらに……」と店の亭主が愛想よく勧めてくれた、この店のなかでは上等な場所なのであろう小上がりの座敷も、畳表がささくれ立ってトゲのようになっていて、足袋《たび》や袴《はかま》に刺さり放題で、煎餅《せんべい》のような座布団も、見るだに染みだらけである。

それでも「赤堀さまにお勧めしよう」と、さっき小上がりに上がった時、本間はその座布団を手に取ってみたのだが、何やらやけに、ひんやりとしているだけではなく、濡れた感じがしているのにゾッとして、「これを勧めてよいものか」と一瞬、躊躇したのである。

だが赤堀は「おう。すまぬ」と嬉しそうに受け取って、そのまま今も、平気な顔で座っている。

そうして、もう小半刻（三十分位）というもの、この店に先に来ていた男たちと、大いに語り、大いに飲み、食べていた。

実は今、赤堀と本間は、とある案件の調査《しらべ》で、この男たちに話を聞いている最中なのである。

男たちは四人いて、二人は武家であるが、二人は町人。おまけに「武家」といっても幕臣なのは、今年二十歳になったという親の脛《すね》かじりの若者だけで、もう一人の四十がらみの侍のほうは「長屋住まいの浪人だ」というのである。

町人二人は植木職人ということであったが、とにかく四人は端《はた》から見ていても仲が良く、老若も身分も越えて、いたわり合いながら飲んでいた。

「ほう。では貴殿も、村井重三郎《むらいじゆうざぶろう》と同様、三十七で、娘二人か……？」

赤堀に話しかけられているのは植木屋の一人で、「へい」と答えて頭を下げた。

「ですが殿さま、その『貴殿』てえのはおやめくだせえやしよ。どうにも尻がむずむずしていけませんや」

「なれば、そちらも『殿さま』をやめよ。『殿さま』とくるゆえ、話が硬《かと》うなって、必定《ひつじょう》、『貴殿』となるのだぞ」

「へい……。なら『貴殿』でよござんす」

不満げに、三十七の植木屋が頭を下げたところで、他の皆が大笑いになった。

だがそうして笑い始めた次の瞬間、「くっ……」と、いきなり二十歳の若い男が顔を歪めて泣き出して、それが次々、植木屋たちや浪人にも伝染し、皆ににじんでくる涙やら鼻水やらを、ぐりぐりと自分の手の平でこすりまわしては押し止めている。

ごつごつした男たちの手が、鼻や涙を顔中に伸ばしていく光景は、およそ美しいものではなかったが、ふと見れば、横で赤堀も、もらい泣きしているようである。

自分もつられてツンと鼻の奥を痛くしながら、本間柊次郎はしみじみと「この赤堀さまのお役に立てるよう、励まねば」と思うのだった。

それというのも、この安酒場での宴会は、今、話に出た『村井重三郎』を偲んでのものなのである。

昨日、早朝、薬研堀《やげんぼり》に架かる元柳橋《もとやなぎばし》のたもとで、紋付の着物に裃《かみしも》を着けた侍が斬られて死んでいるのが見つかって、その歳格好《としかっこう》や着物の紋所《もんどころ》を手がかりに、まずは町方が知人や目撃者を探して近所を歩きまわったところ、馬喰町の居酒屋、この『富み屋《とみや》』に行き当たったのだ。

「藍《あい》の袴《はかま》に、茶色の肩衣《かたぎぬ》ってえなら、村井さまかもしれやせん。けど何だって、あのお優しい村井さまが……」

町方の同心に付き添われ、富み屋の親父が自身番に走っていくと、はたして、やはり柳橋から運び込まれた侍の遺体は、禄高・二十俵二人扶持の幕臣、村井重三郎であった。

「へい……。このお人なら『村井さま』でごぜえやす。大きな声でお笑いになる、いい方でごぜえやしてね。天地神明に誓うったって、村井さまが他人《ひと》の恨みを買うなんてこたァございせんや」

そう言って富み屋の親父は自分もやけ酒を呷《あお》りながら、訃報を伝えるべく、その晩も店を開いて待っていたら、村井とは飲み仲間のこの四人が、また飲みに現れたということだった。

それが昨日一日の出来事で、今日は薬研堀の近くにある村井の屋敷で、小体《こてい》ながらも心のこもった葬式が行われていたのである。

この葬式中の村井の屋敷を、町方から「幕臣殺害」の報せを受けた目付方の赤堀と本間が、聞き込みに訪ねていったという訳だった。

「生前、主人がとても親しくしておりました方々が、今、『富み屋』さんにいらしておいでだと存じます。おそらくは主人も今頃は、あちらで皆さまとご一緒させていただいていることと……」

村井の妻女はそこまで言うと泣き崩れ、十二と九つの娘二人もまた改めて泣き出して、赤堀は子らの背中を撫でながら、ここでも一緒に目に涙を溜めていたのである。

そうして今も赤堀は、男たちのなかにどっぷりと入って酒を酌み交わしながら、殺された晩の村井について訊いていた。

「なれば、村井は一昨日の晩も、ここで貴殿らと一緒だったという訳か？」

「はい」

と、答えてきたのは、三河《みかわ》から江戸に流れてきたという浪人の男である。

「あの晩は、ことに、村井どのの仕官《しかん》祝いでございました……」

そうはいっても、別に普段の飲み方と、たいして違いがある訳ではない。

皆、金に余裕がある訳ではないから、普段もそうだが一昨日も、誰がおごるでもなく、おごられるでもなかったのだが、ただ一点、いかにも仕官の祝いらしく華やかな風だったのは、「紋付に裃」という村井の格好であった。

「その裃も、実は肩衣のほうは、『千《せん》どの』のお父上からの借り物でござりましてな」

浪人が「千どの」と言ったのは、父親が作事方の下役をしているという二十歳の青年のことである。

村井はつい先日、ようやく無役から抜け出して、『畳奉行手代《たたみぶぎょうてだい》』という役高・二十俵二人扶持の『畳方《たたみかた》』の役人になれたのだ。

だがいざ毎日、役人として城勤めをするとなると、裃が必要になる。

畳奉行手代は御家人の就く下役だから、出勤の際の裃は、上下揃いの正式なものでなくてもよかったが、たとえば上下バラバラの、いわゆる「継《つ》ぎ裃」という形で着ていくにしても、袴はあれど、肩衣などという代物は持っていなかったのである。

「肩衣は、新しいものをお仕立てして、必ずお返しいたしますので」と、今日、村井の妻女はそう言って、二十歳の「千どの」に頭を下げていたという。

「……肩衣など、どうだっていいのに……」

泣き出さんばかりにそう言うと、「千どの」は、腫れ上がった目を赤堀のほうに向けてきた。

「御目付さま。この先、村井さんのお家は、どうなるのでございましょうか？」

「うむ……」

答えにつまって、赤堀は目を落とした。

村井には家を継げる男児はない。娘たちもまだあまりに幼くて、すぐに婿養子を取るという訳にはいかないであろう。

第一、本来ならば、跡継ぎの届けも出さないうちに当主が死んでしまえば、その家はそのまま絶えてしまうのが普通なのである。

ことに今回、村井はいわば刃傷《にんじょう》で死んでいて、つまりは襲ってきた相手を返り討ちにできなかったということだから、本来は戦うのが仕事の武士としては「むざむざ斬られてしまうとは、日頃の鍛錬が足りていない証拠だ」と、かえって言われかねない。どこから見ても「御家存続」というのは難しかろうと思われた。

「おそらくは『断絶』ということになろうが……」

赤堀は正直にそう言うと、泣きそうな顔をしている二十歳の青年に向かって約束した。

「したが、村井どののご妻子は、必ずや先々の暮らしが立つよう、拙者が後見《こうけん》をいたすゆえ、大丈夫だ。何ゆえに、誰に斬られたかについても、必ずや我らが……」

赤堀がこうまで言う背景には、実は別の事件のことがあった。

目付方のなかで、今、小原孫九郎《おばらまごくろう》が担当しているのも、幕臣が夜間、何者かに襲われたという案件なのである。

つい十日ほど前に起こった事件なのだが、勘定方の下役の見習いに入ったばかりの『片倉惣太郎《かたくらそうたろう》』という十九歳の若者が何者かに襲われて、惣太郎の供《とも》をしていた片倉家の中間《ちゅうげん》は斬殺され、惣太郎も即死は免れたものの、今もまだ生死の境をさまよっている状態なのである。

正義感の強い小原は、まだ少し寝顔に子供っ気の残るような若者が斬られたことで、いつにも増して憤慨している。

徒目付ら配下を十人ほどもあちこちに走らせて、犯人の手がかりをつかもうと必死になっているのだが、今のところ、いっこう何もつかめずにいるらしい。

だが今回、村井重三郎が斬られて亡くなっていた場所が、元柳橋のたもとであったことが、二つの事件を少しだけ近づけた。

片倉惣太郎が中間とともに襲われたのも、元柳橋からさほどには遠くない神田横山町《かんだよこやまちょう》の裏通りだったのである。

筆頭の十左衛門からも、「この二件は何ぞ関わりがあるやもしれぬから、小原どのとも連携してかかってくれ」と言われている。

だが、この事件はあまりにも、手がかりになるものがなさすぎた。

おそらく村井は、当夜、馬喰町の『富み屋』でいつもの仲間に仕官祝いをしてもらい、皆と別れて、薬研堀に架かる元柳橋のたもとまで帰ってきたところを襲われたものであろう。だが本間以外の配下の者たちにも手伝いを頼み、いくら周辺を聞き込んでみても、当夜あの時分に元柳橋の周辺にいた者は、いっさい見つからなかったのである。

先代からの無役で、役高・二十俵二人扶持の村井家に、中間や女中ら奉公人は雇えない。外を歩くにも供などいない村井は、あの晩も一人で馬喰町の『富み屋』へ行き、一人で帰途について殺されてしまったため、事件の経緯を知る術《すべ》がいっさいないのである。

この「夜で、目撃者がいない」という条件は、小原の担当する片倉惣太郎の一件でも同様であった。

片倉が襲われたのも夜で、人気《ひとけ》のない裏通りということもあり、通行人は皆無だったのである。その上に、供の中間は殺されていて、惣太郎本人もまだ意識すら戻らないのだ。

早くも迷宮入りの体《てい》を見せ始めたこの事件に、赤堀は、村井の妻子や仲間たちが涙に暮れていた姿を思い、焦りを覚えるのだった。

二

村井重三郎が殺されて、まだ十日と経たない頃のことである。恐れていた三件目の事件が起こった。

襲われたのは、やはり今度も幕臣で、襲われた時刻も、あたりが暗くなってからのことである。

ただ今回、前の二件と決定的に違うのは、襲われた幕臣当人が、幕府に助けを求めてきたことだった。

「昨晩、根津《ねづ》の町中で、見ず知らずの男に危うく斬られそうになりましてございます。噂によれば、このところ他のお方も幾人か、夜分に斬られてお亡くなりだそうにございますゆえ、恐ろしゅうて、外に出られぬようになりました。是非、拙宅にもお越し戴《いただ》き、私が襲われた一件につきましても、どうかお調べくださりませ」

書状の記名は『平塚十四郎《ひらつかじゅうしろう》』、屋敷は駒込《こまごめ》にあり、家禄・七十俵二人扶持の『小普《こぶ》請《しん》』であるという。

小普請というのは、いわゆる無役の「役職に就いていない幕臣」のことである。とはいっても、家禄三千石以上の大身《たいしん》の旗本が無役の場合は、『寄合《よりあい》』と呼んで別扱いにしているため、無役の武家のなかでも「小普請」と呼ばれるのは、必ず三千石未満の旗本や御家人だけだった。

なぜ無役の者たちを「小普請」と呼ぶかといえば、幕府に普請工事のある際に、人足《にんそく》として、自分の家から決められた人数分、人手を出さなければならないからである。日頃、無役で、幕府のために何らの働きもしていないのに、「家禄」という名で給料だけはもらっているため、「せめて普請のある際には、人手を出せ」ということなのだ。

だが実際、普請の際、そうして無役の家々から寄せ集めた人足たちは、極めてまとまりが悪かった。

「人手を出す」などとは言っても、小禄の家々には奉公人を雇えぬところも多いため、人足として普請場に来ているのが「その家の当主」ということもままあった。

するとそれぞれ「家柄の良し悪し」で揉めたりして、まとまりが悪く、また作業が下手《へた》で使えない者も多くいて、工事が思うように進まないため、

「これからは、人手の代わりに、工事のための費用として金を出せ」

と、『小普請金』の名称で、幕府に決められた額の上納金を納めることになったのである。

禄高が二十俵以下の者は、小普請金は免除になる。

だが二十俵を越えて五十俵までの者は金二分（一両の半分）、五十俵から百俵までは金一両、百俵を越えて五百俵までの者は百俵につき金一両二分で、五百俵を越える者は百俵につき金二両と、細かく規定されていた。

つまり、こたびの平塚十四郎は、一年間に金一両の小普請金を幕府に納めていることになる。

一足先に調べておいてくれた徒目付の本間の話によれば、平塚十四郎は、今年で四十歳。家族は妻に、十四歳と十二歳の娘二人、六十を越えた自分の母親、あとは親代からの奉公人で五十六歳になる中間一人の、六人暮らしだそうだった。

今回この平塚の取り調べについては、赤堀だけではなく、小原孫九郎も同道している。供に連れる配下の数も、本間柊次郎ら徒目付を三人と、さらにその下役も四人ほどと、前回、富み屋を訪ねた時と比べると、随分な大所帯になっていた。

目付も十人いると、それぞれ仕事の進め方に癖や信念のようなものがあり、赤堀などは、やはり筆頭である十左衛門のやり方を手本にすることが多い。

たとえばこうした聞き込みの際などは、こちらが「目付」というだけで萎縮して、満足に口も利けなくなるような相手も少なくないゆえ、少しでも威圧感が薄れるよう、供に連れる配下は最小限の人数に抑えて聞き込みに向かうのだが、そうしたところもやはり「ご筆頭」風のやり方で、赤堀のほかにも稲葉《いなば》や西根《にしね》、桐野なども、小人数で動いているようだった。

だがそれとは正反対に、小原や蜂谷《はちや》、清川《きよかわ》、荻生《おぎゆう》といった面々は、「目付として威厳を保つことは必須だ」と考えていて、その威圧感によって聞き込みの対象者に無理にも口を開かせようと考えている風があった。

こと小原にいたっては、家禄二千石の大身の家柄であるのも手伝ってか、目付方の配下のほかにも自家の家来までをも引き連れて、堂々たる供揃えを仕立てて、どこにでも動いていく。

だがそうして「それぞれにやり方は違っても構わない」と筆頭の十左衛門が考えていることを、赤堀は好ましく理解していた。

自分を含め、人間《ひと》にはそれぞれ得意なことがある反面、苦手なこともあるはずである。「この方法でやっていけばいいだろう」と進めていって、もしどうにも行き詰った場合には、「ご筆頭」をはじめとした先輩目付や同輩たちにも知恵を借りて、とにかく少しでも良い方向に仕事が進めばと、常々そう考えていた。

そしてそれは相手方、つまりは同僚たちの側から見ても同じだとも思っていた。もし他の九人の誰かが担当の案件で行き詰っていることがあるのなら、いつでも頼ってきて欲しい。自分のできることなど大したものではないかもしれないが、それでも目付部屋全体で知恵を絞り、力を合わせて立ち向かえば、これまでのように必ず活路を開けるはずだと信じている。

赤堀は、こういう自分の信念や明るさが目付としての自分の武器であること、おそらくは「ご筆頭」も、そこを一番に買ってくれているに違いないということを、十分に自覚していた。

今回こうして小原と組むことになったが、年齢が二十近く違っていても、聞き込みの方針が異なっていても、必ず小原と二人、力を合わせて、村井の家族や仲間のためにも事件の真相を探り当てて見せると、赤堀はそう決意しているのだった。

今、赤堀は小原とともに、「平塚十四郎」の屋敷を訪ねてきたところである。

平塚家は、小禄の幕臣の屋敷が集まる駒込と小石川《こいしかわ》とのちょうど中間あたりにあり、二人は客間らしき八畳ほどの座敷に通されて、当主・平塚十四郎と向かい合って座していた。

「して、平塚どの。根津のどのあたりで、どのように襲われなさった?」

まずは赤堀が訊ねると、平塚は平然とした顔で、するりと答えた。

「襲われたのは、根津の岡場所の町なかでございます。女郎屋の真ん前で、知らぬ男が、いきなり斬りかかってまいりましたので……」

「『岡場所』とな!」

横手から険しい声を出してきたのは、小原である。

「平塚どの。そなた『岡場所』なるものを、一体、何と心得ておられる? ご公儀がお許しの吉原《よしわら》の遊郭《ゆうかく》なればまだしも、非認可の岡場所で遊ぼうなどと、心得違いも甚《はなは》だしい」

浅草《あさくさ》にある『吉原』は、幕府が遊興の場として正式に認めている遊郭である。

だが他の、俗に「岡場所」と呼ばれる吉原以外の遊郭は、幕府の許可を得ていない私娼窟で、地方から江戸に集まってくる男たちの人口の多さに、いたし方なく幕府も見て見ぬふりはしているものの、やはり非公認であることには違いない。

幕臣は徳川本家の家臣として、他の大名家や町人や百姓たちから手本とされるような人物であらねばならないというのに、よりにもよって幕府非公認である岡場所に行くとは何たることだと、小原は怒っているのである。

「無役とはいえ、そなたは幕府より御禄《おろく》を頂戴《ちょうだい》いたす幕臣ぞ！　その大事なる御禄で岡場所に通うなどと……」

「ああ、いえ、御目付さま。私《わたくし》、用がございますのは、遊女屋ではございませんので」

平塚十四郎というこの男は、こうして目付を相手にしても、いっこう萎縮などはせぬらしい。何ということもなく淡々とした調子で否定をすると、まだ怖い顔をして睨んでいる小原に向かい、にこやかに先を続けた。

「根津のあの通りには、私も、うちの者らも好物の、たいそう美味《うま》い団子屋がありましてな」

遊女屋に左右を挟まれて店があるからか、女郎相手に売れるよう普通より一文安く、一串五玉を四文で売っているのだが、その団子が実に美味いというのである。

「うちはもう『家族』といえば女ばかりで、男は私ただ一人でございますので、団子の土産《みやげ》はいつにても、娘らも母も妻も皆して喜びますので」

「さようであったか……」

と、すぐに怒りが収まって、収まったとたんに素直に反省の意を示すのが、小原の小原らしい良いところである。

「いや、要らぬ邪推をいたして、すまなんだ」

「なんの。とんでもございませんことで」

二人は互いにそう言って、笑い合っている。

「…………」

赤堀は小さく苦笑して、仕方なく、またも話の軌道の修正を試みた。

「して、平塚どの。斬りつけてきた相手に、見覚えのほどは？」

「それはむろん、ござりませぬ」

平塚は即答し、後を続けて、どうした訳か威張って、こう言ってきた。

「見覚えも、身に覚えもござりませぬゆえ、いつまた何時《なんどき》、襲われるか判らず、こうしてお調べのほどお願いいたしましたので」

「…………」

何をこう堂々と威張って話しているものかと、赤堀が呆れて絶句していると、そんなことにはお構いなし、平塚はまるで武勇伝のように勝手に喋り始めた。

「おそらくは、ああした者を『刺客《しかく》』と申すのでございましょうな。いや、まことに恐ろしゅうございました……」

平塚が妙な殺気に気がついたのは、道の先に、ちょうど目的の団子屋が見えてきたその時であったという。

「団子も二種ばかりございますもので、『どちらを幾つ買おうか』などと、気を取られておりましたのですが、それでもハッと気づきますほどの、ものすごい殺気でございまして……」

驚いて振り返った次の瞬間、二十半ばと見える侍がまさに鬼気迫る勢いで、通行人を掻き分けて、平塚《こちら》との間《ま》を詰めてきた。

見れば、その若侍は、すでに刀に手をかけている。

「いやもう、どこに逃げればよいものか、一瞬は足がすくんで動けずにおりましたのですが、ああした時も、頭のほうは別の仕立てで作られておりますようで、よう動いてくれました」

敵は通行人を掻き分けつつ後ろから迫っているから、当然、前のどこかに逃げるしかないのだが、平塚は広く前方の様子を見て取って、人が少なく逃げやすい進行方向の道ではなく、目の前に見えている遊女屋の方向に駆け出した。

「客引きで、どこも女郎が外に出ておりましたもので、そのうちの一軒《ひとつ》に駆け込んだのでございますが……」

さすがに周囲の通行人たちも、若侍の殺気に気づいたらしい。女郎を選んでうろついていた客の男たちは慌てて左右に散っていき、通りに並んでいた女郎たちもそれぞれに悲鳴を上げて、自分の店のなかへと逃げ込もうとしている。

その女郎たちの群れに混ざる形で、平塚は遊女屋の店先に飛び込むと、「きゃー、きゃー」と平塚の存在《こちら》におびえて騒いでいる女たちをかえって追い越して、草履《ぞうり》を脱ぎ捨て、そのまま店の奥へと逃げ入った。

「腰抜けめがッ!」

だいぶ後ろで吐き捨てるような男の怒声がしたから、おそらくはそれが若侍の声で、襲うのをあきらめたのだろうと思ったが、さりとて、まだ待ち構えているかもしれない外の通りに再び出るのは嫌だった。

「幸いにして、飛び込んだのは女郎屋でございますので、店の護《まも》りの屈強な男らもおりまして……。『ここなれば泊まって寝てしまっても、襲われることはなかろう』と、主人に頼んで、一部屋借りて泊まりました」

だがそうは言っても、女郎の部屋に泊まるには、それなりに花代《はなだい》がかかる。その花代を払うのはどうしても嫌だから、考えて平塚は納戸《なんど》に泊めてもらうことにした。

「納戸部屋なれば、まあ、『ただ』という訳にはまいりませんでしょうが、木賃宿《きちんやど》の程度で宿代を払えば、さして文句も言われませんかと……」

「……ぷっ」

思わず、赤堀は吹き出した。

「女郎屋の泊まりに納戸部屋を所望するとは、その女郎屋の主人も、女たちも、随分と驚いたことであろうて」

赤堀が笑っていると、横で小原が「赤堀どの」と、先輩らしく注意してきた。

「女郎の部屋に上がらずにおったは、賢明な判断でござるぞ」

見れば、小原は本気でたしなめているらしく、眉を寄せて睨んでいる。

「ああいや、つい口が滑りました。申し訳ござりませぬ」

素直に赤堀が謝っていると、そんなこちらの揉め事などお構いなしで、またも平塚は自分の話の続きのほうに引き戻した。

「納戸に一泊できましたのは良かったのでございますが、さて、考えてみれば夜から朝に明けたとて、刺客が必ずいなくなったともかぎりませぬ。そこで私、一計を案じまして、『付け馬』に送ってもらうことにいたしました」

「……は？」

付け馬というのは、遊郭の借金取りのことである。

自分に今、持ち合わせの金がないのは判っているのに、平気で遊ぶだけ遊んだ図々しい客を無賃のまま逃がさぬよう、遊郭ではそうした客には「付け馬」と呼ばれる男たちを付けて自宅まで送らせ、無理にも金を取り立てる。

その付け馬は、客になめられて踏み倒しに遭わないように、屈強な男がやると決まっていた。

平塚は、この屈強というところに目をつけて、「今は支払う分の持ち合わせがない」と嘘をつき、店のなかでもことさらに強そうな二人を選んで用心棒をさせて帰ったというのだ。

「なんと……」

この平塚という男、どこまでも飄々《ひょうひょう》としているようである。

今度はもう遠慮なく赤堀が笑っていると、横で小原はとんでもなく不機嫌になっていたようだった。

「では、そなた、『町人に守られて帰った』と申すか！」

「……へ？」

「『へ？』ではない！　無役とはいえ、おぬしとて幕臣ぞ。不当に斬りつけてくる輩《やから》なぞ、その場で成敗してしまえばよいのだ」

「…………」

刀を抜いて、自ら立ち向かうなどという発想は、今まで一度も頭に浮かびはしなかったのであろう。平塚は目を真ん丸に見開いて、絶句している。

どうやっても埋まるはずはないであろう二人の間を見て取って、赤堀は、これ以上、小原を怒らすこともなかろうと、横手から平塚に助け舟を出した。

「しかして小原さま、さように人の多き町中《まちなか》で、こちらも抜刀して応戦などいたせば、町場の者を巻き込むのは必定《ひつじょう》でございましょう。『腰抜け』と罵倒されても我慢をいたし、町場で怪我人を出さぬよう皆を護った行為こそが、幕臣として、真にあるべき姿かと……」

「うむ」

今の話で、何とか怒りは収めてくれたらしい。小原は大きくうなずいて、いきなり、こう言ってきた。

「なれば、こたびが一件、刀を持って応戦せんかったことに関しては、不問に付してよかろうな？」

「え……」

と、一瞬、赤堀は目を丸くした。

「ああ、ええ。そのように……」

この一件、まさか小原が目付として、「平塚十四郎が応戦せずに逃げたこと」を、これほど問題視していたとは思ってもいなかったのだ。

赤堀自身が重要視していたのは、平塚が襲われたそのこと自体である。立て続けに三件も幕臣を狙う事件が起こったということは、その三件に何か共通点があるのか否か、それともそれぞれ関わりがなく、単体の事件であるのか、そうしたことの手がかりをつかみたくて、平塚に会いにきたのである。

とはいえ、たしかに平塚が「何の応戦もせずに逃げてしまったこと」や、「幕府非公認の岡場所に足を踏み入れたこと」は、幕臣の不行跡として、軽微なものながらも処罰の対象になりうることではあるのだ。

やはり目付も十人十色、自分では気づかぬところや見落としがちであるものを、皆で補い合いつつお役目に励まねばならないと、赤堀は今更ながらにしみじみと思うのだった。

# 三

平塚の事件のあらましは判ったが、さりとてやはり、襲ってきた者を特定するには何の手がかりもないには違いなかった。

平塚に、再度、襲われる心当たりを訊ねてみても、「とんと身に覚えはございませぬ」と言うばかりである。

仕方なく赤堀は、前の二件との関わりだけでも確かめておこうと、畳奉行配下の村井や勘定方の片倉が、今回の平塚と同様、命を狙われたことを話して聞かせた。

「なれば、御畳方の村井重三郎も、勘定方の片倉惣太郎も、まずもって存知《ぞんじ》よりではなかろうというのだな？」

念を押すように赤堀が訊き返すと、平塚は「はい」と、はっきりうなずいた。

「何ぞそこらの道端で、互いに知らず行き会うことならあったやもしれませぬが、今こうして御名を伺いましても、私がほうは、まったく……」

「やはり、さようか」

畳方と勘定方、それにこちらは小普請と、三者三様まるで畑が違うゆえ、「知己《ちき》である可能性は低かろう」と半ばあきらめてはいたのだが、いざ、こうはっきり言われると、がっかりするのは否めない。

すると平塚十四郎が、つと一膝、寄ってきた。

「そのお二方は、襲ってきた輩の風体《ふうてい》や顔かたちなど、何とおっしゃっておいでございますので？」

「いや」

横手から平塚の問いに答えてきたのは、小原である。

「『何《なに》』とも申してはおらぬのだ。村井重三郎は、夜斬られて息絶えておったというし、勘定方の片倉惣太郎がほうは、やられて以来、いまだ口も利けぬほどの重体ゆえな」

「…………」

平塚の顔から、サーッと血の気が引いたのが見て取れた。

平塚には、他の二件の詳細については教えていない。村井や片倉と何ら面識があるならともかく、知らぬ間柄であるならば、下手《へた》に詳しいことまで教えて怖がらせてしまうと、興奮して周囲に喋りまくられてしまったりして、捜査の妨げにもなりかねないからだった。

だがもう小原に、口に出されてしまったものは、仕方がない。

赤堀は自分も一膝、平塚に近づくと、本気で説得にかかって言った。

「前の二件がいかなものであろうが、こたびは『こたびのこと』として、切り離して考えたほうがよい。そなた自身に関わりあるは、『こたび』のみだ。また再び襲われぬようにするためにも、何ぞ身のまわりに妙なことなどなかったか思い出してみよ」

「はい……」

顔色を青くしながら平塚は、それでも今度は真剣に考えているようだった。

そうして「あっ」と小さく声を出すと、身を乗り出して言ってきた。

「そういえば、やけにご大身の御家から『系図』のご依頼をいただきました」

「けいず、とな……？」

一瞬、意味が判らず、それぞれに首を傾げている赤堀と小原を待たせて、平塚は、部屋の一隅にある文机の上から、何やら大きな紙を持ってきた。

「実は私、他家《よそ》さまより、こうしたものを頼まれて書いてございまして……」

そう言って平塚十四郎が見せてきたのは、どこかの家の家系図である。

「ほう。これはまた立派な……」

小原が思わず顔を近づけて見るだけあって、その系図は、文字の達筆さといい、引かれた線の鮮やかで垢抜《あかぬ》けた感じといい、しごく立派な代物であった。

「ご大身の御家なればともかく、私どものような小身の家には、先祖より代々伝わる系図など、そうめったにあるものではございません。ゆえに縁組や仕官の際などに、『仕立ててくれ』と頼まれることが多うございますので……」

猟官《りょうかん》運動にしろ縁組にしろ、「出世したい」「良い家と縁組したい」と欲のある場合には、猟官の口利き先や縁談の先方など、相手方の家にも堂々と見せられる立派な家系図があるほうが、断然、印象がいいに決まっているのだ。

歴史好きの平塚は、まだ十二、三歳の子供の頃から、由緒ある戦国武将の家系図を書いてみるのが大好きで、それが高じて、自分の家の系図や友人たちの家の系図を書くようになり、そのあまりの出来の良さが、次第、小禄の武家の間で評判になってきて、まるで系図書きの職人のように他家から依頼を受けるようになったのである。

「ですが『系図』でございますから、『出来立ての新品』というのでは、あまり格好のつくものではございません。それゆえ縁談やら何やらで、すぐに相手に系図を見せねばならない時は、ちと細工などもいたしますので」

平塚はまた部屋の隅まで歩いていくと、今度は文机の脇に幾つか重ねて置かれている菓子折りの箱のようなものを運んできた。

「こうした風《ふう》でございまして……」

と、平塚が菓子折りの蓋を開けて、こちらに中を見せてきた。

「ん？」

だが中には砂が入っているだけである。何のことやらと、思わず赤堀が小原と顔を見合わせていると、平塚はいったん開けた蓋を再び閉めて、蓋が動かぬように両側から手でしっかり押さえると、箱を斜めにして揺らして、中の砂をザーッ、ザーッと音がするほど動かし始めた。

そうして何度か振って見せると、また蓋を開けて、今度は箱を傾けて、砂が片側に寄るようにした。

と、砂の間から顔を出したのは紙である。平塚がその紙の両角を持って、そうっと砂の中から引き抜くと、やはりその紙にも系図が書かれていた。

「ほう」

「いや、これは……」

小原と二人、思わず赤堀も声を上げて、平塚が砂の中から引き上げた系図に目を寄せていった。

誰の家の系図なのかは判らないが、実に風合いのよい、見事な家系図《もの》である。

「これはもう、かれこれ三月《みつき》ほども砂に入っているものでございます」

平塚は自慢げに紹介して、いかにも「よい出来だ」という風に、うっとりと眺め下ろした。

「こうして砂で少しずつ細工をいたしますと、ちょうどよい具合に紙の表面《おもて》が毛羽立つのでございます。我が家では家人にも命じて、皆で折々、忘れず揺するようにしておりますので」

「なるほどのう……」

小原が感心してうなずいて、部屋の隅に幾つも重ねられている菓子箱に目をやると、それがしっかり契機となってまた平塚が動き出し、いいように系図自慢が始まった。

「これはまだ、つい五日前に入れたばかりでございますので、たいして変化《かわり》もないのでございますが……」

と、平塚は、まだ真新しい感じのする家系図を見せながらも、目はすでに別の箱を選んでいる。そうしてすぐに「五日目」は箱に戻してしまうと、選んだ箱の中から、また自慢の一品を引き上げた。

「これが二月《ふたつき》経ったものでございます。ですが何ぶん、先さまのお好みにもよりますもので、一概に懸命に揺するばかりがよい訳でもございませんで……」

この品はじっくりと二月《ふたつき》かけて寝かせながら、「揺すり」も家人には任せず、自分でていねいに揺すって仕上げているのだが、あちらの箱の品はとにかく出来上がりを急がれているので、そうもじっくり時をかけてはいられない。

それゆえ娘たちばかりか、少々手荒な妻や母にまで「揺すり」を任せて毛羽立たせ、それでもまだ古びた風合いが足りぬため、焙《ほう》じた茶ガラを粉にしたものを砂に混ぜ込んで、色づくようにしてみたという。

「いや、なかなか、母が手荒く真横にして箱を振るのを見ておりましたせいか、どうにも、こう、いま一つ気に入らないのでございますが……」

平塚は口ではそう言いつつも、実は結構それも自慢であるらしく、「この紙の黒ずんだ染みが、茶ガラの効用でございまして……」と、結局は箱から出して見せてくる。

「なるほど……。これなれば、先祖伝来の品にも見えよう。見事なものだ」

根が単純な小原は、どうやら物珍しい系図の話に気を取られているらしく、肝心の事件のほうは忘れてしまっているようである。

再び軌道修正を試みて、赤堀は横手から声をかけた。

「して、平塚どの。他でもない、『刺客』の話だ」

「…………！」

脅しが効いたらしい。「はい」と平塚は、一転、顔を引き締めて、こちらに向き直ってきた。

「たしか『大身の家の系図がどうとか……』と申しておったな」

「はい。そのお旗本の系図が、これなのでございますが……」

そう言って平塚が、砂の入った菓子箱ではなく、漆塗りの文箱の中から出してきたのは、幾重かに折り畳まれた系図である。

畳の上に広げてみると、ちょうど一畳近くもある。名家らしく、長々と何代にも続く立派なもので、平塚がいかにも丹精こめて、さまざま細工を施したようで、しごくいい具合に年経た風情を醸し出していた。

その長い系図の最後のほう、今現在、生きて御家を繋げているのであろう人々のあたりを凝視して、小原がいきなり声を上げた。

「おう、これは、本庄《ほんじょう》さまが御家のご系図ではないか！」

「本庄さま、とおっしゃいますと、たしか寄合席の御方で？」

確かめて訊いた赤堀に、小原は大きくうなずいた。

「さよう、さよう。ご家禄・五千五百石高の寄合、『本庄卯左衛門実彰《うざえもんさねあき》どの』よ」

目付の二人が名を知っているだけあって、「本庄家」は譜代古参の旗本のなかでも、名家の一つである。

「いやしかし、やはり本庄さまともなると、ご系図も立派なものよ……」

知り合いの系図ということもあり、小原はまたも見入っている。

するとその小原の視線の先に、平塚が人差し指を突っ込んで、系図に記された人名の一つを指してきた。

「この方のことなのでございます。ご幼名が、『本庄弥一郎《やいちろう》』さまとおっしゃる方の記名のことで、実は本庄さまより、書き直しを命じられてしまいまして……」

四

平塚が口にした「本庄弥一郎」という人物は、現当主・本庄卯左衛門実彰の大伯父《おおおじ》にあたる人物であった。

だがそれはあくまでも、平塚が独自に調べて行き着いた、平塚側の見解である。

今回この本庄家よりの依頼は、平塚にとっては次々と、驚かされるようなこと続きであった。

平塚が日頃「客」として扱っているのは、せいぜいが百俵高どまりの、いわゆる御家人ばかりである。ところが一月《ひとつき》ほど前、一体どこから平塚の評判を聞いたものか、なんと大身、五千五百石高の旗本・本庄家から、用人が訪ねてきた。

驚いて、妻や母親と三人、あたふたとしながら客間に通して茶や菓子を出すと、

「川本《かわもと》」と名乗る五十がらみのその用人は、

「礼金・五十両で、我が主家《しゆか》・本庄家の系図を書いて欲しい」

と、二十五両の包みを二つ、突き出してきた。

「いや、川本さま！　さようには、頂けませぬ」

日頃、平塚は礼金の額を、依頼者と相談して決めている。家系図は、簡単なものも面倒なものもあるから、その時間や手間のかかり具合によって、その時々で相談して決めているのだ。

とはいえ実際、どんなに手間のかかるものでも、せいぜい二分（一両の半分）か、三分（一両の四分の三）止まりで、たいていは二朱（一両の八分の一）といったところである。

なので今回、本庄家から提示された五十両という額に、平塚は心の底から驚いて、

「素人に毛が生えたようなものだから、そんなには頂けない」と断ろうとしたのだが、

向こうの川本もあきらめず、

「なれば半金、まずは支度金の二十五両で、とにかく早く家系図を仕上げてもらい、主人・卯左衛門実彰がその出来に満足したら、残りの二十五両を払うというのはいかがであろう？」

と、提案してきたという。

もとより平塚十四郎は、系図書きの内職でそこそこ稼げていることもあり、さほど金には困っていない。

だが、五十両という大金を出してまで自分の腕を買ってくれている事実と、「大身の旗本家なら、おそらくは先祖がさまざま枝分かれをしていようから、これまではなかなか挑戦できなかった難しい系図が書ける」ということが、平塚の気持ちを動かして、依頼を受けさせたのである。

川本が、「主人の卯左衛門実彰に聞いて、自分で書き留めてきた」という走り書きのような系図を基に、平塚は、まずは下書きを進めていった。

本庄家の系図は、やはり期待通りの複雑な枝分かれで、平塚は嬉々《きき》として作業をし始めていたのだが、川本の字があまり達筆ではないことと、系図の線がいかにも適当で波打っていて、見ているうちに、だんだん川本の書いた系図の『写し』が信じられなくなってきた。

それにもとより、こんなに先祖代々に亘《わた》る長い系図を、いくら当主とはいえ、すべて覚えている訳がない。おそらくは虫に喰われて、ところどころが欠けたりしている古い家系図でも引っ張り出して、読めるかぎりを写してきたのであろうが、そうなるというと、穴が空いたり、字がかすれたりしている部分を適当に推測したりして、間違っているところもあるかもしれないのだ。

以前に請《う》けた他家の際にも同様のことがあり、それ以来、平塚は少しでも疑いを感じた場合には、その家の菩提寺にまで足を運んで、住職に過去帳《かこちょう》を調べてもらい、確かな事実《ところ》を入念に調べて、系図を仕上げるように心がけていた。

今回の本庄家の菩提寺は、幸いにして平塚の屋敷からも遠くない、駒込片町《こまごめかたまち》にある『大円寺《だいえんじ》』であった。

過去帳の記述によれば、昔は本庄家の屋敷も、駒込に近い白山《はくさん》のあたりにあったようなのだが、何代か前から雑司ケ谷《ぞうしがや》に屋敷が移されている。

そんな事実も逐一、過去帳から拾い出しながら、平塚はようやく自分でも満足のいく系図の下書きを書き上げた。

そうして自信満々、平塚は雑司ケ谷の本庄家を訪ねていき、用人の川本に「これでよろしゅうござりましょうか？」と下書きを広げて見せたところ、川本もその見事な出来ばえに目を瞠《みは》っていたという。

だがそうして喜んだのも束の間、川本は急に顔つきを険《けわ》しくしたかと思うと、

「この人物は、我が主家にはおらぬゆえ、記述を消すように……」

と、手直しを命じてきた。

くだんの『本庄弥一郎』のことである。

「ですが、過去帳の記述によれば、この『弥一郎』さまというお方も、たしかにお生まれになっておられるはずで……」

平塚も調べには自信があるから、一応はそう反論してみたが、「寺の過去帳など、あてになるものではない。どうで他家の記述と混ざったのであろう」と川本はいっこう取り合わず、「残りの半金も今出して渡してやるから、その『弥一郎』というのを消して、早よ清書をしてまいれ」と、二十五両を突き出してきたという。

「仕上がるまでは、受け取る訳にはまいりません」と断って、仕方なく『弥一郎』を消して清書して、砂でいくらか細工も加えて納品し、その仕上がりに本庄家側は大満足で残りの半金を支払ってきたのだが、そうしてすべてが終わった後も、平塚は手元に残った下書きの『弥一郎』を見るたびに、悶々としていたそうだった。

現当主・本庄卯左衛門実彰の大伯父にあたるはずの『弥一郎』は、平塚の目には、

かなり「哀れ」に映る人物である。

弥一郎は、当時、本庄家にとっては嫡子にあたったのであろう長男で、だが実際に家を継いで子孫の枝を残したのは、次男のほうなのである。今回、平塚に依頼してきた現当主・卯左衛門も、その次男の孫にあたった。

これは平塚が、過去帳から拾った後に住職にも見てもらって、一緒に確かめてきた事実である。

だが住職の手も借りて、よくよく調べてみると、不思議なことに寺にある過去帳には、嫡男であったであろう弥一郎の出生の記録はあるものの、死去の記録はなく、それらしき墓も残っていないということだった。

「おそらくは、まだ成人にならないうちに、病か何かで死んでしまったため、嫡子は次男に移されて、記録が残っていないのであろう。墓もおそらく先祖と合葬されたかして、墓石に名が残っていないに違いない」

と、寺の跡目を継いだばかりの若い住職は、そう推論したという。

墓に名も刻まれず、幼くして死んでいったのであろう『弥一郎』が、平塚は可哀相に思えてならなかった。それゆえ「今回の調べで、こうしてこの子の存在が知れて、本当によかった。墓は無理だが、これで系図には名を残してやれる」と、平塚は『弥一郎』の記名に他よりも想いを込めて系図に書き込んだそうなのだが、そこをまるまる川本に取って捨てられた、という訳だった。


平塚より本庄家系図についての一部始終を聞いた翌日のことである。

赤堀はまた徒目付の本間柊次郎のみを供として、駒込の大円寺に向かっていた。

この『弥一郎』をめぐる一連のことが、根津で平塚が襲われた一件と関係するかは判らないが、捜査が行き詰っている今、どんな小さな手がかりでも、おろそかにすることはできない。

小原の了解も取った上で、赤堀は本間と二人、まずは自分の耳で住職から話を聞こうと、大円寺に向かったのである。

だが、いざ大円寺に着いて、事情を話し、『弥一郎』について訊ねてみると、住職からは意外な答えが返ってきた。

おそらくは二十五、六歳というところ、自分より幾らか若いと見える大円寺の住職は、驚いたことに、こう言ってきたのである。

「御目付さまにお出でいただきましたというのに、まことに恐縮なのでございますが、どうやらこちらの過去帳が違っていたらしゅうございまして……」

平塚との話の後も気になって、後日、改めて調べ直してみたところ、やはり本庄家に弥一郎という人物はいないと、判明したとのことだった。

「赤堀さま」

大円寺の山門を出るやいなや、「我慢できない」という風に、本間が声をかけてきた。

「これは何ぞか、ございますね。本庄から、口止めがあったのでございましょう」

「ああ。『本庄弥一郎』は、やはり、秘さねばならぬ人物であったということだ」

「はい。おそらくは平塚の思うような、哀れな幼子ではございますまい」

「うむ……」

と、目を落として考えていた赤堀が、「あっ」と小さく声を上げた。

「『屋敷替え』だ！　たしか先日、平塚が話のなかで、『本庄家には、何代か前に屋敷替えがあったらしい』と申しておったぞ」

「では、その頃に『何か』が？」

「うむ……」

幕臣が日々住み暮らしている江戸市中の屋敷は、幕府から『拝領屋敷』として与えられているものである。

敷地も広くて建物も立派ないわゆる格の高い拝領屋敷から、狭くて建物も小さい格の低い屋敷まで、本当にさまざまで、幕臣はそれぞれ自家の家格に合った屋敷を与えられていた。

『屋敷替え』とは、この先祖代々住み暮らしている拝領屋敷を幕府に返上し、その代わりに、どこか別の屋敷を拝領することである。

その家の当主が著しく出世をしたりして、屋敷の格が当主に合わなくなった場合にも、屋敷替えは行われる。

だが逆に、その家に何か失態や不行跡などがあり、その罰として家格が下げられた時にも屋敷替えは実施されるのである。

「本庄家の屋敷は、もとは菩提寺の大円寺からも遠くない『駒込』にあったそうだ。それが何代前かは判らぬが、いきなり『雑司ケ谷』に移されたというのだから、その事実《こと》に、やはり何ぞか『弥一郎』が関わっているやもしれぬ」

「さようでございますね」

本間柊次郎も目を輝かせた。

「では私、いったん城に戻りましたら、さっそくにも、ちと調べてまいりまする」

「ん？」

と、赤堀は目を丸くした。

「柊次郎。おぬし『いったん城に戻る』というのは、私を『送る』ということか？」

つまりは、もう城に戻らねばならない赤堀の供をして、いったん城まで帰ってから、すぐにまた調査《しらべ》に出てくるということであろう。

「はあ……」

改めてそう言われると、何とも答えづらく、本間が返事を濁していると、赤堀は笑い出した。

「おい。私は『馬』だぞ。供も連れずに一人で城に戻ったとて、馬なれば、誰も文句は言うまいて」

愉快そうにそう言うと、赤堀は、早くもひらりと馬の背に跨《また》がった。

「そなたこそ、一人で苦労かと思うが、よろしゅう頼む」

「とんでもございませぬ。万事、お任せくださりませ」

「うむ」

互いに笑ってうなずき合うと、赤堀と本間は、道を左右に分かれていくのだった。

# 五

翌日の昼下がりのことである。

本間柊次郎から報告を受けた赤堀は、本間が調べてきてくれた話を小原孫九郎にも聞かせようと、小原を誘って本間と三人、目付方の下部屋に集まっていた。

「では、何か？　その本庄弥一郎という者は、『打ち首』になったと申すか？」

「はい」

「……幕臣ともあろう者が……」

本間の話を聞き終えて、小原はいかにも「気に入らない」という風に、本庄弥一郎を切り捨てた。

あの後、本間が一人であちこち駆けまわって調べてきてくれた内容は、実に「醜聞」と呼ぶにふさわしい代物であった。

およそ七十年前、くだんの本庄弥一郎は、放蕩の果てに打ち首になっていたのである。

家禄・五千五百石の本庄家を継ぐ長男として生まれた弥一郎であったが、一体、誰に似たものか、穏やかな性格の両親や弟とは違って、幼い頃から言動が粗暴で、はや十三、四の頃には悪い仲間と徒党を組んで、自分たちより弱そうな女や子供に目をつけては、苛《いじ》めて遊んでいたそうだった。

その傾向は残念ながら年経るごとに増長し、十六、七の頃にはすでに旗本奴《はたもとやっこ》を気取って暴れまわるようになり、町娘を捕まえては乱暴したり、酒場や岡場所で飲み食いして遊んでは、その代金を踏み倒したりしていた。

そうして果ては十九になったその年に、博打《ばくち》のいざこざで人を殺《あや》めて、切腹も許されず、町場の罪人と同様に、打ち首になったのである。

幕臣である当人が博打をすれば、通常、『島流し』になる。その博打という行為のほかに、刃傷沙汰《にんじょうざた》だの、金儲けの悪巧みだのが加われば、島流しだけでは済まず、切腹となった。

当時、弥一郎は十九歳になってはいたが、本庄家では放蕩者のこの長男を正式な嫡子としてよいものかどうか、悩んでいる最中であった。そんな最中であるから、当然まだ幕府には、弥一郎という長男がいることを届け出てある訳ではない。

したがって、弥一郎が人を殺めて町方の役人に捕まった時には、その扱いをどうすればよいものか、ちょっとした騒ぎになった。

それというのも弥一郎の父親である当主は、「次男を嫡子にするべきだ」という親戚や家臣らの意見を受けて、事件のつい十日ほど前、正式に弥一郎を勘当したばかりだったのである。

幕府に出生届の出ている幕臣の息子が、博打の上に人殺しまでしたならば、これは当然、本人は切腹となり、父親である当主も監督不行き届きで切腹か、よくても島流しになって、家自体も断絶となるのが普通である。

だが今回の場合、弥一郎については、まだ出生の届けも出してはおらず、私的な意味でも勘当していて、親子の縁は切れている。その絶妙な「弥一郎との関係性」が、当時、ギリギリの形で本庄家を救うこととなった。

すでに親から勘当されて、幕臣の家の者ではなく、一介の浪人になっていた弥一郎は、通常の町場の人殺しの罪人と同様に、打ち首になったのである。

だがやはり本庄家も、「いっさい何も関わりなし」という訳にはいかなかった。非公認の息子とはいえ、弥一郎は人を殺めているのである。

本庄家は譜代名家の一つとして、先祖代々、駒込に拝領屋敷をいただいていたのだが、弥一郎の一件の責を受けて、広い駒込の屋敷は没収され、雑司ケ谷にある手狭な別の屋敷に屋敷替えとなったのであった。

「それが今から、七十年あまりも前のことに相成りまする。その頃よりは、本庄家も二代下り、駒込に屋敷があった頃のことなど、家中の者とて存じてはおりますまい」

話し終えた本間に、赤堀はうなずいて見せた。

「その伝《でん》で申せば、弥一郎は、たしかにすでに本庄の家の者ではないゆえな。こたび系図を仕立てるにあたって、『弥一郎の記述を消せ』と注文をつけたのは、正当であったということだな」

「はい」

今回、本庄家が平塚に、わざわざ家系図の仕立てを頼んだのには、理由があった。当主・本庄卯左衛門の知り合いに、現老中方の首座である松平右近将監武元と、遠縁ながらも血の繋がりのある人物が見つかり、その縁を頼りに「大番頭《おおばんがしら》に推挙していただこう」と、そう考えてのことだったのである。

大番頭は十二名の定員で、それぞれ一人が一組から十二組まで、一組・八十四人ずつの配下を従えて、江戸城内や江戸市中の警備に加え、大坂城や京の二条城の警固にまで当たっている。

この八十人余の隊を率いる大番頭は、もともとは上様の先鋒隊長なのである。

それゆえ幕府の番方のなかでも重要な御役であり、大番頭の職に就けるのは五千石以上の旗本か、一万石級の大名のみで、そのなかでも古来譜代の家柄でなければならなかった。

本庄家は古来譜代の名家ゆえ、その資格は十分にある。

それを証明するためにも家系図は必要で、ゆえに今回、平塚十四郎に、急ぎ頼んだものと思われた。

「あれだけの名家でございますゆえ、おそらくは、昔より伝わる系図はあったであろうと存じますが、やはり『弥一郎』の名は消しておきたかったのでございましょう」

ところが系図作りに尋常ならぬほどのこだわりを持つ平塚が、頼みもせぬのにわざわざ菩提寺にまで足を運んで、抹消しようとした御家の恥部を、よりにもよって今この時機に、ほじくり出してきたのである。

「やはり、根津に出た『刺客』は、本庄家に『関わりあり』ということか……」

赤堀が独り言のようにそう言うと、本間が一膝、乗り出してきた。

「平塚を借り出しまして、本庄の屋敷を出入りする者らの顔を確かめさせてはいかがでございましょう？」

「おう。それよ、それ」

本間の案に喰いついて、小原がまた口を開いた。

「遊女屋の灯りで、自分を襲ったのが『若侍』と、はっきり見たと申すのだから、見張りにつけて『若侍《それ》』が通れば、判ろうて。明日にでも、さっそく呼びつけて見張らせるがよい」

「ははっ」

翌日から予定通り、本間ら徒目付の付き添いのもと、平塚十四郎に本庄の屋敷を出入りする者を見張らせ始めた。

だが三日経っても、五日経っても、それらしき男はいっこうに現われない。

手配のよい本間は、平塚の証言で似顔絵の用意もして、自分や他の徒目付たちでも『若侍』が見分けられるよう手筈は整えてあるのだが、それらしき男は見つからず、徒《いたずら》に日ばかりが過ぎていった。

そして十日目。

連日の外での張り込みに、平塚がとうとう音《ね》をあげ始めた頃のこと、思いもかけぬ他方から、有益な情報がもたらされたのだった。

六

情報の源《もと》は、幕臣が襲われた事件の一件目の被害者、勘定方の片倉惣太郎であった。馬喰町にも程近い横山町の裏通りで襲われた片倉惣太郎は、右の肩口から斬り下げられて深手を負い、一時は生死の境をさまよっていたが、十八歳という若さもあってか、幸いにも意識が戻って、重湯《おもゆ》なら喉《のど》を通るまでに回復したそうである。

そうなるというと、とたん家族ら周囲の者たちが、大事な息子をこんな目に遭わせた輩に制裁を加えてやりたいと、「誰に斬られた？」「顔は見たか？」「年格好や、声の調子などは覚えておらぬか？」と、次々に訊ねてくる。

それに答えて片倉惣太郎が話し始めたのが、自分を襲った「若い侍」のことであった。若侍は、おそらく自分よりは少し上、二十を過ぎて、まだ半ばにはならないほどであろうという。

その怖ろしく殺気に満ちた若侍が、自分の供をしていた片倉家の中間を斬り殺して、惣太郎《こちら》へと血刀を下げて、じりじりと近寄ってきた時、剣の腕のない惣太郎は動けなくなってしまった。

するとその、やけに長く感じられた斬られる直前の瞬間に、「腰抜けめが……」と、若侍が惣太郎を罵倒したというのである。

「腰抜けめがッ!」と罵倒されたのは、平塚十四郎も同じである。

片倉家よりの報告で、目付方にこの話が届いた時、小原、赤堀、本間はむろんのこと、本間から報せを受けた平塚も、飛び上がらんばかりに喜んだ。

惣太郎の家族の許可を得て、本間と平塚が片倉家の奥座敷で寝ている惣太郎に会いに行ったのは、数日後のことである。

すでに布団の上で半身を起こせるまでに回復していた惣太郎と平塚が、お互いが目にした『若侍』について語り合ってみると、やはり案の定、二人を襲ったのは同じ男のようだった。

ここまでくれば、『若侍』の正体を知るまで、あと少しである。

襲われたその晩、片倉惣太郎がどこを歩いて、何を、どんな順番でしたものか、本間は病人の惣太郎を相手に、焦らず、ていねいに訊いていき、とうとう惣太郎の話のなかに不気味な『若侍』の影を見つけた。

算術の塾の仲間たちが、惣太郎の勘定方見習いとしての出仕を祝い、ささやかながらも宴会を開いてくれた通塩町《とおりしおちょう》の飲み屋で、「うるさい!」「小僧ども、騒ぐな!」

と、口汚く文句をつけてきた浪人者の集まりらしき客たちのなかに、『若侍』の声も混じっていたのを、惣太郎は話のなかで、たしかに思い出したのである。

翌日の晩から、いよいよ若侍を捕らえるべく、通塩町のその居酒屋での張り込みが始まった。

赤堀ら目付たちは役高・千石で、いわば「旗本の上級職」の一つであるから、普段は着物に裃もつけ、堂々たる装いで城に出勤もし、外に聞き込みにも出ている。

だが今回は、店に来る酔客らに紛れて張り込みをしなければならないため、赤堀も本間も平塚も、浪人風の着流しの姿で店内の一角に陣取って飲んでいた。

居酒屋の主人には、すでにこちらの身分や事情も話して、いろいろと協力してもらっている。

今、赤堀ら三人が飲んでいるのも、酒でなく茶や白湯で、いざ『若侍』が現れた際に酒で身体の動きが鈍らぬよう、素面《しらふ》のままでいるのである。

日向水《ひなたみず》のような白湯を飲み飲み、安手の肴を突っついて、数日が経ったある晩、とうとう店の暖簾をくぐって『若侍』が姿を現した。

「やっ！　御目付さま、あの男でございます！」

他の酔客に混じってせっかく気配を消していたというのに、慌てた平塚が声を上げてしまい、男は瞬時に、こちらの存在に気づいてしまったようだった。

とたん男は踵《きびす》を返して、今、入ってきた暖簾をくぐって外に逃げようとしている。

「本間！　頼む！」

「はっ！」

あらかじめの計画の通り、本間は男を追いかけて、早くも表の通りへと飛び出していった。

一方の赤堀は早くも勝手口から裏へ出て、通行人のいないその裏通りを、ものすごい速さで疾走している。そうしてまるで韋駄天《いだてん》のごとく、一区画ほど走り抜けると、そのまま横手の路地も駆け抜けて、表通りへと飛び出した。

案の定、赤堀が出てきた先は、若侍を「挟み撃ち」にするには絶好の場所である。

見れば、本間は途中で若侍に追いついたらしく、二人は腰の刀に手を添えて、睨み合っていた。

その本間に加勢して、文字通り、挟み撃ちにするべく、赤堀は慎重に男との間合いを詰めていった。

「赤堀さま！」

「うむ」

すでに男とは、二間《にけん》（三六〇センチ位）と離れてはいないであろう。

男は「ちっ！」と舌打ちをしてきたが、どうやらその舌打ちが、戦闘の合図であったようだった。

次の瞬間、男は刀を引き抜くと、腰を沈めて、今にも斬りかからんばかりに構えてきた。

それに合わせて本間柊次郎が抜刀し、さらに低く形を取る。この本間は目付方配下のなかでも、一、二を争うほどの剣の遣い手なのである。

男は瞬時に、「本間《こいつ》には勝てない」と、見て取ったのだろう。「斬り抜けるなら、こちらだ！」とばかりに、赤堀のほうへと向かっていった。

赤堀はといえば、さすがに刀に手をかけてはいるものの、いまだ抜刀もしていないのである。

「やッ！　赤堀さまッ！」

青くなった本間が夢中で駆け寄ろうとしたのと、ニヤリと嗤《わら》った若侍が赤堀に斬り込んでいったのが、同時であった。

「ギャッ！」

だが次の瞬間、鈍い声を上げて倒れ込んだのは、若侍のほうだった。

実は、赤堀とて剣ならば、そうそう人に遅れを取るものではない。元来が武官である赤堀の家には、始祖の代から連綿と「居合い」の奥義が継承されており、今の若侍のように自分に向けて突進してくる相手を一刀両断に倒すのは、さして難しいことではないのである。

とはいえ、そんな赤堀の居合いの腕前をよく知っているのは、目付方では筆頭の十左衛門くらいのもので、本間は正直、驚いて、呆然と立ち尽くしていた。

「……赤堀さま」

本間は自分も腕がよく、剣筋を見て取るのも得意だから、今、赤堀が一刀のもと、男の脛《すね》の腱《けん》を断って動けぬようにしたことが、どれほど難しいかを知っているのだ。

見れば、早くも赤堀は若侍を縛り上げて、その上で改めて、自分が斬った脛の傷の血止めをしてやっている。

そんな「赤堀さま」を本間はいよいよ好きになり、慌てて血止めの手伝いに入るのだった。

# 七

「して、小原どの、赤堀どの。結句、その『若侍』なる浪人者が、すべて三件、してのけたという訳でござるか？」

二人にそう訊ねているのは、目付筆頭の妹尾十左衛門である。

今は昼少し前で、まだ十人全員は集まらない目付部屋のなか、十左衛門は二人から事件解決の報告を受けていた。

「さよう」

遠慮して黙っている赤堀に気づかず、小原孫九郎が自慢げにうなずいた。

「御畳方の村井重三郎も、そやつの仕業《しわざ》でござった」

くだんの若侍は、名を「茂山鉄之輔《しげやまてつのすけ》」といい、二十一歳の浪人者であった。

茂山鉄之輔は、両親やまだ十四の弟とともに、馬喰町の裏通りにある二階建ての長屋の一つに住み暮らしており、子供の頃はそこから道場に通ったり、寺子屋に通ったりと、「いつかは幕臣として、立派に仕官を果たそう」と、頑張っていたという。

もとを正せば、茂山の家も四代前の先祖までは幕臣で、『馬方』の下役である役高・十俵二人扶持の『御馬飼《おうまかい》』の一人であったのだ。

御馬飼は幕府で飼っている馬たちを飼育するのが仕事で、八十人あまりもいたが、「十俵二人扶持」という薄禄が示すように、幕臣のなかでは、まず最下級といえる役職の一つである。

こうした役は『抱席《かかえせき》』といって、幕府の制度上では「その役に就いて働いている期間のみ、その当人を幕臣として抱え入れる」ことになっていた。

つまりは「その役から外れた瞬間から、幕臣としての身分も失う」ということである。とはいえ、たいていの家では父親が役を勤めている間に、自分の息子を「見習い」として出仕させ、家が幕臣として繋がるようにしておくのだが、やはりたまには上手くいかない場合もあった。

茂山家でも、当時「跡継ぎ」として馬方の見習いに出られるような男子がなく、まだ娘も幼くて婿を取るような年齢ではないうちに、御馬飼を勤めていた当主が病死して、そのまま幕臣の身分も失くしてしまったのである。

「それでもあの茂山も、十代の頃には何とか仕官を遂げようと、剣の腕を必死に研《みが》いていたそうにござりまする……」

わずかに同情するように、横手からそう言ってきたのは、赤堀である。

「しかして、どう剣の腕を研きましても、浪人が幕臣になれる道など見つかる訳がございません。必定、茂山は気を腐して、馬喰町だの、横山町だの、通塩町だのと、安い酒場を探しては飲み歩き、果ては飲み代を踏み倒しておりましたようで……」

片倉の一件があったその日も、茂山は、通塩町の居酒屋で酒を呷《あお》っていたという。

すると、そこに見かけぬ武家の男たちがどやどやと入店してきて、大騒ぎし始めた。すでに一杯ひっかけた後なのか、男たちは陽気に大声で喋っていて、聞きたくもないのに、話の内容は丸聞こえである。その内容から、今の宴会が「片倉という男の仕官祝い」と判明した時、茂山は腹が立って、腹が立ってたまらなくなったという。

「うるさい！」と注意しても、「騒ぐな！」と怒鳴っても、仕官の幸福に酔った馬鹿者たちは、いっこうに反省しない。

「それゆえ、無理に黙らせるよりほか、やりようがないから、斬って捨ててやったのだ」

と、茂山は捕縛された際、赤堀や本間を前にして高笑いをしたそうである。

村井重三郎について茂山に訊ねると、「あれも馬喰町の『富み屋』で、仕官祝いなどしているから目障りで、後を追いかけて斬ってやった」と、自慢げに言ったという。

「最後まで、よう判らなんだは、平塚の根津の事件でござったな」

小原に話しかけられて、赤堀も大きくうなずいた。

「そこなのです、ご筆頭。茂山も、根津で平塚を狙いましたのだけは、妬みではなく、金ずくでございましたのですが……」

茂山をたった二両で『刺客』として雇ったのは、本庄家につい最近、仕官を果たした若党であったという。その新参の若党も、もとは幕臣の家柄であったのだが、祖父の代にお役目に失態があって、浪人の身分に堕《お》ちたらしい。

だが不幸中の幸いというべきか、その若党の家には、伝手《つて》があった。

とはいっても、幕臣に戻る伝手ではない。本庄家の家臣として、いわば陪臣《ばいしん》に甘んじる伝手である。

それでも「一生、浪人暮らしをしているよりはマシだから……」と、その男は本庄家の若党になったのだが、さて、いざそうして仕官を果たすと、何やら友人の茂山が気味悪く見えてきた。

これまでは不遇な浪人仲間として気の合う友だった茂山が、何かというと酒癖悪く絡《から》んできて、二言目には「おまえは裏切り者だ！」と罵倒してくる。

飲み方もどんどん浅ましくなってきて、酒代は毎回こちらが奢《おご》るのが当たり前になり、それでも尚じっとりと、たしかに殺気が感じられる目つきで、こちらを眺めている瞬間があった。

ある晩、馬喰町の居酒屋『富み屋』を出て、皆で解散になった後、男はそんな茂山を疑って、「行動を見張ってみよう」と後をつけた。

すると案の定、茂山は、今さっき店で見かけた三十がらみの男に、いちゃもんをつけている。そうして、揉めていくらもせぬうちに、男を斬ってしまった。

腰が抜けるほど驚いたのは、言うまでもない。

茂山が男を斬った理由が「仕官を果たした者への妬み」であることを、痛いほどよく判っているその男は、茂山の妬みに火がついて自分までが殺されないよう、一計を案じたのだ。

本庄の屋敷内は、今は「系図」と「平塚」と「弥一郎」の話で持ちきりである。

礼金を取って系図を書き、あちこちの仕官の手助けをしている平塚十四郎についても、男は茂山に話して聞かせた。

「ああいう、金ずくで贋《にせ》の系図なんぞを仕立てる奴がいるから、金も系図も伝手もない俺たちが、幕臣に戻れず、あぶれるのだ。すまないが、俺は二両きりしか礼は出せぬが、おまえの剣の腕で、あの平塚というふざけた男を成敗してくれ」

と、男は茂山をけしかけて、根津に向かわせたということだった。

「いや、ご筆頭……。正直なところ、私、こたびが一連の案件は、『仕官だ』『出世だ』『妬みだ』と、ちと人間《ひと》の恐ろしさばかりを見せられまして、嫌気が差しそうになりました……」

言葉の通り、正直に赤堀がため息をつくと、横で小原が「ふん」とばかりに、鼻息荒く、こう言った。

「他人《ひと》と比べて、『ああだ、こうだ』と申すゆえ、おのれが判らんようになるのだ。平塚を見よ。あやつとて、生まれついての無役だが、別にいっこう他人の出世は気にならんようではないか。……あれは良い。良い漢《おとこ》だ」

小原の言葉に、まずは十左衛門が何も言わずにしみじみとうなずいて、続いてまだ二十代の二人、赤堀小太郎と本間柊次郎も、それぞれにうなずき始めた。

「まことにもって、おっしゃる通りでございますな……」

赤堀の声が、一瞬めずらしく静かになった目付部屋に、やけに響いた。

だがすぐに部屋のなかはざわざわと、もとの通りに騒がしくなっていくのだった。

# 第三話　嫁《よめ》　姑《しゅうとめ》

## 一

当番でも宿直《とのい》番でもなかったその日、十左衛門はめずらしく早く帰途に着いた。早いといっても、日はとうに暮れている。城を出て、武家屋敷が建ち並ぶ駿河台の通りに差しかかった時には、三日月が凜《りん》として輝いていた。

旗本は大名とは違い、基本、駕籠《のりもの》に乗ることを許されていないから、身体の不調でもないかぎり、城への行き帰りは馬である。

十左衛門も馬上で揺れながら、月の明かりに頼れない三日月の夜の道を、提灯《ちょうちん》を掲げた供《とも》の家臣たちとともに自分の屋敷のすぐ前まで戻ってきた。

「…………？」

と、その時である。屋敷の前の暗がりに、たしかに人の気配があって、十左衛門はその暗がりを凝視して、馬を止めた。

「殿」

下から声をかけてきたのは、馬の横について歩いていた若党である。十左衛門がうなずいて見せると、若党は腰の刀に手を添えて、「誰だ！」と、主人を守って前に出た。

それと同時に中間《ちゅうげん》の一人が、手にしていた提灯を突き出して、門前の暗がりを照らし出す。

するとその提灯の明かりに浮かんで出たのは、地べたに正座して両手をつき、こちらに頭を下げている女の姿だった。

「御門前を、お騒がせいたしまして、まことに申し訳ございません。御目付さまに、申し上げたき儀がございまする。どうか、お聞き届けのほどを……」

見れば、か細く小さな女である。

目付も長く続けていると、こうしたこともない訳ではない。土に座っているその女の姿に、十左衛門は仕方なく声をかけた。

「して、どうした内容《こと》だ？」

「はい。有難う存じます」

そう言って顔を上げた女は、やはり若くはなさそうだったが、そんな風に歳の値踏みを長々としている暇は与えられなかった。

なんと女は、こう言ったのである。

「まことに畏《おそれ》れ多いことではございますが、拙家の愚息は、幕臣の身でありながら、ご禁制の賭博《とばく》をいたしておるのでございます。どうか御目付さまの御手にて捕らえてやってくださいませ」

「…………！」

この女、正気であるのだろうか。

あまりの訴えの内容に、十左衛門も供の皆もただ立ち尽くすのだった。

二

我が子を告発しに訪ねてきた母親は、名を「根本折江《ねもとおりえ》」といい、武家の隠居で六十二歳ということだった。

告発されたのは「根本宏之進《ひろのしん》」という、今年で三十四歳になった一人息子だそうである。先代の当主であった折江の夫は、十五年前に病で亡くなり、以来、一人息子の宏之進が家禄百五十俵の根本家を継《つ》いでいて、今は無役の小普請だそうだった。

今、十左衛門は、根本折江を自ら客間に案内して、余人を入れず二人きり、向かい合ったところである。

この座敷は客間ゆえ、自分たち家人の使う他の部屋よりは贅沢に、大きめの行灯《あんどん》を二つも点《つ》けてあるのだが、その明るみのなかで改めて顔や姿を眺めれば、根本折江は六十過ぎという歳相応に皺《しわ》もあり、くたびれた風もあって、外で見た時の印象ほどには若くないようだった。

「して、母御どの。そのご子息、宏之進どののことだが……」

十左衛門が言いかけると、

「いえ。妹尾さま」

と、根本折江は十左衛門を制して、首を横に振ってきた。

「私がこうして告訴をいたしましたからには、宏之進はもう私を『親』とは思わぬことでございましょう。もとより私も、その覚悟で参りました。今これよりは母でも子でもございませんので、私のことは『母』とは呼ばず、どうか『折江』と名でお呼びくださいませ」

「…………」

母子の間に、一体どれほどの諍《いさか》いがあったものかは判らないが、何とも鼻息の荒いことである。

十左衛門は、正直、この突飛な母親をどう扱えばよいものか、対応に困っていた。

「なれば、折江どの」

仕切り直して、十左衛門は根本折江に真っ直ぐに目を向けた。

「まずは忌憚《きたん》なきところをお伺いしたく存ずるが、折江どのには何ゆえに、宏之進どのを告訴なさるのでござろうか？　こうして目付に言う前に、ご子息の悪癖が止むよう、何ら手段《て》を講じてみてはいかがかと存ずるが……」

「そうしたことでございましたら、もう散々にいたしてまいりましたので」

折江はきっぱりと反論したが、その後は語気を弱めて、こう言い足してきた。

「あのような畜生にも劣る愚息を産み育ててしまいましたこと、親として、まことに申し訳なく、情けないかぎりでございます」

「…………」

言いようもなく、十左衛門は黙り込んだ。

親がこうして息子のことを「畜生にも劣る」とまで言うのだから、宏之進という者の放蕩ぶりは目に余るものではあるのだろう。

だが、たとえそうであっても、十左衛門はこの「折江」という母親について、どうしても理解できない一点があった。

「折江どの」

十左衛門は改めて、折江を真っ直ぐに見据えて話し出した。

「まずは是非にも、お訊ねいたしたきことがあるのだが……」

他でもない、博打《ばくち》をした者に科せられる罰についてのことである。

博打は天下のご法度《はっと》である。町人や百姓身分の者に対しても、博打の罪はなかなかに厳しいのだが、こと幕臣に対しては、なおいっそう厳しいお沙汰が下されるのが普通であった。

賭場《とば》として自分の屋敷の一部を貸したり、胴元などといった博打の主犯格であったり、また常習客であったりする場合には、御家断絶になるのは必定《ひつじょう》である。その上で博打をした当人は、江戸市中から永久追放になったり、島送りになったりした。

つまりこうして息子が博打狂いであることを目付相手に告訴して、幕府が知るところとなれば、当人の宏之進が厳罰に処されるのはむろんのこと、根本の家は断絶となり、折江自身も路頭に迷うことになるのである。

その事実を一体どの程度まで知っていて、自ら告訴などしてきたものか、十左衛門は是非にもそこを、この母親に訊ねておきたかったのだ。

「折江どのにおかれては、幕臣が賭博をいたした際の沙汰については、何ぞかお聞き及びでござろうか？」

十左衛門の問いに、だが折江は「はい」と、はっきりうなずいてきた。

「おおよそは存じ上げているつもりでございます。根本の家は『断絶』となりましょうし、宏之進につきましては、おそらく『切腹』のお沙汰を頂戴することに相成りますものかと」

「…………！」

思わず驚嘆の声を上げそうになって、十左衛門はどうにかこらえた。

眼前にいる折江は、こちらと真っ直ぐに目を合わせたまま、微動だにせずにいる。

今、十左衛門の頭のなかには、「壮絶」という二文字が浮かんでいた。

自ら自家を断絶に追い込み、我が子に「切腹」という言葉を選んで使う母親の真意が、やはりどうにも判らなかった。

もしやして折江とその息子との間には、血の繋がりがないのではなかろうか。

この後、仔細を調査するにあたっては、この母親からの話を一方的に鵜呑《うの》みにせぬよう、心して当たらねばなるまい。

自らにそう言い聞かせながら、十左衛門は再び、折江と対峙《たいじ》するのだった。

三

あの夜、折江の側から聞いた、根本家の詳細である。

家禄・百五十俵高の旗本である根本家は、今でこそ無役の小普請に入っているが、もとは代々『勘定方』に勤める家系であったという。

先代の当主であった折江の夫も、役高・百五十俵の平《ひら》の『勘定』役を勤めていたのだが、十五年前、当時、江戸市中に流行《はや》った熱病に運悪く感染し、お役目に就いたまま四十八歳で急死してしまったのである。

一人息子の宏之進は、当時まだ十九歳であったが、すでに父親とともに、平勘定の見習いとして勘定方に出仕していた。

勘定方の役人の多くは、自分が現役で勤めている間に、嫡男を見習いとして自分とともに出仕させている。見習いといえども役料として百俵の支給がある上に、父親が隠居をした後も、子がそのまま見習いから平勘定に上がることができて、先々が安心なのである。

根本家でも宏之進が十七歳の頃から勘定見習いとして働いていたため、父の急死で家督を継いだその後も、何の問題もなく見習いから平勘定に繰り上がることができたのだが、問題はその六年後、宏之進が二十六歳になった年に起こった。

宏之進は若手の平勘定のなかではなかなかに優秀で、急死した父親のこともあり、目をかけてくれる上役らもいたのだが、そうした上役の娘と縁談話が持ち上がり、それが結局、駄目になったあたりから、宏之進は崩れ始めたらしい。

勘定方は役高・三千石の『勘定奉行』四人を長官として、その下に『勘定組頭』が十二人、平の『勘定』が今は二百二十人、その平勘定に支配されている『支配勘定』という下役が、さらに百人近くもいた。

この勘定方の役職のうち、勘定奉行はむろんのこと、勘定組頭と平勘定までが旗本に任命される役である。

役高・百五十俵の平勘定である宏之進は、同じ旗本役でも役高が三百五十俵にまで跳ね上がる勘定組頭の娘と縁組をすることで、先の組頭への出世を期待していたのだ。

「その当てが見事に外されて自棄《やけ》になったと、そうしたところでございますな？」

十左衛門から一連の話を聞いて、そう結論づけたのは、同僚目付の一人、佐竹甚《さたけじん》右衛門《えもん》である。

その佐竹に、十左衛門もうなずいた。

「うむ。まずはそのあたりが契機で賭場に出入りを始めたようだと、母親の折江という者《の》も申してはおったのだが……」

今日、十左衛門は当番で、ともに当番をする佐竹と二人、明け六ツ（朝六時頃）の鐘を聞きながら、前後して目付部屋に出勤してきたところである。

前夜から泊まりの宿直番の二人は、まだおそらく朝の湯浴みの最中で、今この部屋には、目付は十左衛門と佐竹の二人きりだった。

「どうだな、佐竹どの。何ぞ、その時期《あたり》で縁組の話なんぞを耳にされたことはなかったか？」

「その宏之進と申す者、破談になったのが二十六で、今が三十四というのですから、今より八年前に相成りますな……」

と、佐竹は何やら年月を考えて、指折り数えているようだった。

そうしてすぐに数え終えたか、「ああ……」と小さく落胆の声を上げた。

「いや、ご筆頭。拙者、八年前には、すでに『吟味役《ぎんみやく》』に移っており申した。平勘定や組頭などには、今と同様、ずいぶんと煙たがられておりましたゆえ、吟味役の拙者に破談話の噂なんぞは聞かせますまい」

「さようさな……」

今、佐竹が口にした「吟味役」というのは『勘定吟味役』のことである。

どんなに数が少ない時でも、たいてい四、五名はいるこの勘定吟味役は、勘定奉行以下、勘定方の不正や怠勤を常に見張って、何ぞかあれば、ただちに老中方に進言するという重役を担っており、役高も五百石をいただいている。

佐竹が吟味役から目付に移ってきてより一手に任されている『勝手掛』という仕事も、この勘定吟味役とは重なる部分が多く、勘定所における金銀の出納《すいとう》についてなど、折々に勘定奉行らと協議して、幕府財政の動向を監視している。

もとの家禄が三百石高であった佐竹甚右衛門は、自分自身、『平勘定』から始めて、『組頭』、『吟味役』、『目付』と、いわば叩き上げで出世してきた経緯があるため、こうして目付方の案件で「勘定方」に関わりのある際には、十左衛門は筆頭として、つい佐竹を頼りたくなるのだった。

「なれば、やはり改めて調べてみねばならぬな……」

少なからずがっかりしながら、十左衛門はため息をついた。調べると一口に言っても、おそらくそう簡単には判るまい。

縁談などというものは、いったん成立さえしていれば幕府への届が出ているから、たとえその後に離縁して別れていようとも、いくらでも届のほうから昔を辿ることができる。

だが今回のように途中で破談になってしまっては、その縁談に関わった者から話を聞くか、昔を覚えている者から噂話として聞くよりほかに手立てはないのである。

すると、先ほどからずっと一人で何やら考えていたらしい佐竹が、急に明るい顔になって言い出した。

「ご筆頭。拙者、ちと良き御仁《ごじん》を思い出しましたぞ！」

「良き御仁……？」

「はい。御名のほどは『柳原喜左衛門《やなはらきざえもん》』さまとおっしゃいましてな。お屋敷は、たしか番町《ばんちょう》の法眼坂《ほうげんざか》のあたりかと……」

「…………？」

何のことやら判らず目を丸くしている十左衛門に、佐竹は勇んで説明をし始めた。

「『柳原さま』とおっしゃいますのは、勘定方の生き字引といっても過言ではないような、実に気骨のある勘定方一筋の御仁でございましてな……」

佐竹が二十七歳で勘定組頭の末席に入った時には、すでに柳原喜左衛門は、十二人いる組頭の長のような存在だったという。

「して、その柳原どのなれば、根本宏之進が縁談話も覚えておられると？」

期待して、思わず十左衛門が話に喰いつくと、佐竹は素直に、ちょっと迷いが出た顔をした。

「しかとそう断言できる訳ではござりませぬが、柳原さまは当時より実に人望のあるお方で、上からも下からも頼りにされておられました。私が組頭でおりました頃にも、幾人か、平勘定の縁組のまとめをなさっておられましたゆえ、上手《うま》くすれば、その根本が縁談についてもご存じではないかと……」

「うむ」

と、十左衛門も、いささか勇んで乗り出した。

「なれば佐竹どの、是非にもその御仁に、繋ぎを取ってはくださらぬか」

「心得ましてござりまする。さっそく今日のうちにも、柳原どのの近況について、勘定方で、ちと探ってまいりますゆえ」

佐竹が薄い胸を叩いたところで、前夜から宿直《とのい》の二人が湯浴みを終えて戻ってきて、とりあえずは、いつもの当番の一日が始まったのだった。

# 四

翌日の昼下がり、十左衛門と佐竹が二人して訪ねていった柳原喜左衛門の屋敷は、佐竹の記憶の通りの場所にあった。

江戸城の内堀と外堀との間に広がっている番町には、城に何かあった際、幕臣たちがすぐに駆けつけてこられるようにと、幕臣の屋敷ばかりが集まっている。五年前に隠居して、子の代に家督を譲ったという柳原の屋敷は、広い番町のなかでも法眼坂のすぐそばにあった。

何の前触れもなく急に屋敷に押しかけて、それも知己の佐竹ばかりではなく、初対面の十左衛門までが一緒だというのに、

「これはこれは佐竹どの。まことに、お久しゅうございますな」

と、柳原喜左衛門は相好《そうごう》を崩すばかりで、嫌な顔などいっさいしない。今年でちょうど六十になったというが、柳原は、なるほど佐竹が太鼓判《たいこばん》を捺すだけあって、いかにも器の大きい好人物であった。

こうした人物であれば、「他言無用」さえ頼んでおけば、外部《よそ》に話を漏らされる心

配はない。

　あの晩、根本折江がいきなり訪ねてきたところから始めて、十左衛門は柳原に何もかも包み隠さず、自分が折江の言い分を信じきっていないことも含めて、すべて話した。

「八年前の平勘定の縁組でござりまするか？」

「はい。いささか古い話で、かたじけのうございますのですが……」

　十左衛門が頭を下げると、柳原は「ふむ……」と、月代《さかやき》にぺちぺちと手を当てながら考え始めた。

　見れば、六十という齢のせいもあるのか、その月代は柳原の丸顔に沿って、いささか広くなっているようである。その丸い月代を見ていても、指の短い浅黒い手を眺めていても、この柳原がどれだけ配下《した》に好かれていたか、想像は容易にできた。

「根本宏之進か……」

「はい。破談になったその当時は、二十六だったそうにございますが、まずは十七で平勘定の見習いに入りまして、十九の歳には父親を流行り病で亡くしたそうにございまして」

「……ん？」

と、柳原が月代を叩く手を止めて、こちらに向き直った。

「見習いの倅《せがれ》を残して、流行り病で亡くなった、と申されましたか？」

「はい。ひどい熱病でございましたようで……」

「おう、思い出しましたぞ。なれば、おそらく『根本光右衛門《みつえもん》』が倅《せがれ》のことでございましょう」

一人で大きくうなずくと、柳原は思い出せたことに満足したか、上機嫌で言い出した。

「そういえば『あの根本の倅が、前島《まえじま》の娘をもらうようだ』と、ずいぶんと噂になっておりましたな……」


前島というのが、根本宏之進を破談にした勘定組頭であるという。

そもそも幕府は、幕臣の縁組の相手について、「なるべく同役の間では、婚姻関係を結ばないように……」との制限を加えている。

同役どうしは暮らしぶりも一緒で、気心が知れているためもあり、つい安易に縁談相手に選んでしまいがちなのだが、同役のなかに身内の者がいるとなると、やはり何かと甘えが出たり、贔屓《ひいき》に繋がったりして、他の同役の者たちにとっては仕事がしづらくなってしまう。

それゆえ幕府は同役の家どうしの婚姻を「良し」としなかったのだが、勘定方のように二百人からいる職場では、話が別であった。

勘定方は幕府の経理を一手に引き受けているため、さまざまに仕事が分化されている。その分化したそれぞれの部署に専任の者たちが配属されていて、専任の組頭を長に、専任の平勘定、専任の支配勘定と、組になって経理作業を進めるため、他の部署の組の者たちとは、日頃さほどには関わりがない。

そのため別の組の者とであれば縁組も可能で、当時、根本と前島も組が異なり、前島は直属の組頭ではなかったのだという。

「根本が倅の組頭は『近藤源太夫《こんどうげんだゆう》』と申して、気の優しい男でな。病で死んだ根本宏之進の父親を、ずいぶんと哀れんでおったものだ」

まだ十九歳で見習い途中の息子を残して逝かねばならないなどと、父親の光右衛門は、きっとさぞかし宏之進を案じているに違いない。その光右衛門を安心させてやるためにも、宏之進にはよい嫁を世話してやらねばと思っていると、近藤は常々、組の長である柳原にも話していて、「よい縁談があったらまわしてやってください」と柳原も頼まれていたのだが、その良縁がやっときた。

別の組の組頭であった前島が、自分の三女の嫁入り先を探し始めたのである。

近藤は「これこそ良縁！」と機を逃さず、その三女の縁談の相手として根本宏之進を売り込んだという次第であった。

「幸か不幸か、あの宏之進は亡き父・光右衛門に似ず、弁も立ち、若いなかでは優秀でございましてな。『根本が倅はどうだ？　あれは必ず組頭の上まで上《のぼ》れるぞ！』と、いったんは前島をその気にさせたようでございましたが……」

とはいえ、やはり百五十俵高の平勘定と、三百五十俵高の組頭とでは、あまりにも家格が違う。

これがたとえば「嫁取り」ではなく「婿入り」の縁談で、平勘定の家の出来のよい三男が、組頭の家の娘に婿養子に入るという話なら、何の問題もなく縁談もまとまったのであろうが、前島の三女にしてみれば、「二百俵も格下の家に、嫁に行かねばならない」というだけなのだ。

三女当人も母親も嫌がり、親戚からも猛反対を受けて、最初は根本宏之進を買っていた前島自身も、次第、気持ちが離れてきた。そこに横から親戚が、急いで別の良縁を見つけて縁談を持ち込んできたため、前島の三女は晴れて家禄四百石の旗本家に嫁に行くこととなり、根本のほうとは破談になったという訳であった。

「あの当時は、とにもかくにも近藤が気の毒でなりませんでなあ。『自分が余計な口を利いたばかりに、かえって宏之進に辛い目を見させてしまった』と、自分を責め抜くようにいたしておりまして……」

近藤源太夫というこの組頭は、もともとこうした性格のよい男で、勘定方では、上からも下からも同僚からも、しごく好かれていたらしい。

だがそれは、かえって根本宏之進のほうには、裏目に出た。

縁組を足がかりに将来の明るい展望を本気で考え始めていた宏之進は、天から奈落の底へと落とされて、やはり、ただ大人しくなどしていられなかったのであろう。

平勘定の同僚たちを相手に、ただ愚痴をこぼしているだけの間はよかったのだが、同僚を酒場に誘って深酔いしては、前島や近藤ら組頭を罵倒して、小禄に生まれた我が身を愁《うれ》い、出世もせずに急逝した父親までをも恨んで声高に非難したりと、荒れ続けたため、次第、宏之進に付き合ってやる者も少なくなってしまった。

すると今度は、その冷たい同僚たちを恨んで、宏之進がさらに絡んだ。

そうしてどんどん敵を増やしていくうちに、宏之進が酒に酔っては組頭の前島や近藤を悪《あ》しざまに言っている事実を、告げ口する者が出た。

これは組頭ら上役にとっては、まことに由々《ゆゆ》しきことである。

縁談を断った前島の身になれば、二百俵もの格下の家を断るのも当然の話であるし、さらに近藤のほうなどは、ただ純粋に「配下の宏之進の将来のため」と、自分には何の得もないのに縁談を世話してやったというのに、かえって逆恨みをされるなど、気の毒というより他にない。

それでも近藤は、勘定方全体に流れ始めた宏之進の悪評を「どうにかしてやらねばならない！」と焦り、さらに宏之進を庇い続けたという。

「いや、ですが、そうして庇えば尚のこと、近藤の株ばかりが上がって、その分、根本が株を下げることになりますのでは……」

そう言って、柳原の話に合いの手を入れたのは、佐竹である。

その佐竹に、「さよう」と柳原も大きくうなずいた。

「近藤が悪い訳ではなかろうが、まずあれが、根本に『止《とど》め』を刺したのでござろうな」

宏之進の勤務態度も、以前のように「仕事のできる者」という風ではなくなって、ひどい時には前夜の酒の悪臭を残したまま、だらだらと作業する姿まで見せるようになっていた。

その上に、まだ自分を庇ってくれている近藤への、逆恨みの悪口雑言である。

当時、十二名いる組頭をまとめて、勘定奉行たちとの間を繋げていたのは柳原であったが、同僚の組頭らと相談の上で、宏之進のいっこうに改善する兆しの見えない勤務態度の悪さを半年後、とうとう奉行らに報告した。

そうしてついに根本宏之進は、勘定方の御役を解かれて、無役の小普請に落ちていったのであった。

「なればご筆頭、その根本が自棄《やけ》を起こして放蕩し、博打漬けになったというのも、有り得る話ではございますな」

佐竹が横からそう言ってきたのに、

「さようさな……」

と、十左衛門はうなずいて見せたが、頭のなかでは、すでに先のことを考え始めていた。

放蕩の発端となる理由がこうして判明した以上、あとは宏之進の放蕩ぶりがどの程度のものなのか、目付としては、そこを確かめればよいだけである。

もし母親の折江の申すよう、酒に溺れているだけではなく、博打にまで手を出しているようならば、可哀相な気はするが、やはり御家は断絶で、当人自身にも相応の罰を下さねばならない。

ただその罰が「江戸追放」で納まるか、「遠島」や「切腹」にまでなるのかは、博打を含めた放蕩のひどさがどの程度かで、はっきりと違ってくるのだ。

と、そんな先のことを考えていた十左衛門の目の前で、柳原が沈鬱なため息をついてきた。

「柳原さま？」

すぐに佐竹が反応して、柳原の顔を覗き込む。

その佐竹に向かい、柳原は苦く笑った。

「いや……。自分を産んだ母親にそうして『売られる』とは、あの根本光右衛門が倅も、どこまでも哀れなやつだと思いましてな」

佐竹に小さくうなずいて見せると、柳原喜左衛門はひどく遠い目をして、こう言ったものである。

「可哀相に……。『先に逝かねばよかった』と、どんなにか黄泉《あちら》で光右衛門も嘆いていることでございましょう……」

「はい……」

佐竹が小さく返事をして、男三人、皆で父親の気持ちを思い、黙するのだった。

# 五

その晩から徒目付ら配下を使っての、根本宏之進の素行調査が始まった。

一日目の今日は、この先どういった形で宏之進を探ればよいかを見極めなければならないため、十左衛門も同行している。今回の調査《しらべ》では、十左衛門は何かと気心の知れた本間柊次郎を頼んで、配下の者たちのまとめ役をしてもらっていた。

今、十左衛門は本間と二人、根本家の屋敷とは少しばかり距離を取り、「軽子坂《かるこざか》」と呼ばれる武家町の通りの辻番に待機している。根本家はこの軽子坂の通り沿いではなく、もっと東側にあるのだが、あのあたりは小ぶりな武家屋敷ばかりが並んでいて、身を隠せる場所がないため、仕方なく一番近い辻番を見張りの待機場として使っているのである。

屋敷からの人の出入りを見張っているのは、他の配下たち数人で、彼らはこうした難しい見張りにも慣れているため、夜の闇を利用して、上手《うま》く身を隠しているに違いなかった。

「いやしかし、こうした『母と子』というのも、あるものなのでございますね……」

まださしたる報告もなく、暇を持て余している辻番所のなか、横で本間がしみじみと言ってきたのに、「うむ」と、十左衛門もうなずいた。

根本家について、今の時点で判っているのは、家族構成だけである。

八年前、ああした形で前島家とは破談になった宏之進だが、二年前には別の他家から嫁をもらっていて、今、根本家は当主の宏之進をはじめとして、母親である折江と、嫁の多美《たみ》との三人家族であるらしい。

こうしたところまでなら、根本家が幕府に提出した婚姻届などから知ることができるのだが、十左衛門がわずかに疑っていた折江と宏之進との親子関係は、継親《ままおや》と継子《ままこ》などではなく、普通に血の繋がった実の親子であった。

昼間、柳原がぽろりと言った「自分を産んだ母親に売られるとは……」という言葉に、間違いはなかったのである。

「いやな、実はちと、『血を分けた実の母子じゃないのではないか』と、わしも疑っていたのだ」

「まことに……。宏之進《あれ》が自分の子ではなく、妾《めかけ》か何ぞに産ませたものだと申しますなら、根本の家を潰してでも、憎い継子を追い落とそうとするのも判るのでございますが」

「うむ……」

十左衛門と本間が、そんな話をしていた時であった。

暗がりのなかを歩いて、根本家を見張っていた配下の一人が辻番所《こちら》へとやってくるようである。

「……ん？」

だが闇に目を凝らしてよく見ると、どうやら後ろに誰か連れているらしい。

「女でございますね」

本間も気づいて、耳元に近づいてきた。

「また根本折江が、何ぞ話しに来たのでございましょうか」

「うむ……。おっ、いや違う。若いぞ！」

十左衛門が小さく言ったその通り、配下の者についてきたのは折江ではなく、かなり若い女であった。

「ご筆頭、申し訳ございませぬ」

その女を外に待たせておいて、配下が一人で番所のなかに入ってきた。そうして外に聞こえぬよう、声を落として耳打ちしてきた。

「実は根本の妻女なのでございますが、外にいる私どもを探して近づいてまいりまして、『姑《しゅうとめ》から話は聞いた。夫・宏之進についても是非にも話したいことがあるゆえ、ご筆頭に会わせて欲しい』と、そう申しまして……」

「うむ。相判った」

根本宏之進の妻・多美は、二年前の婚姻の届書で『十八歳』と確かめた通り、見た目にもかなり若い妻であった。

二年前が十八歳だから、まだ二十歳のはずである。一方、夫の宏之進は今年で三十四歳だから、都合、十四も年下の嫁をもらったということだった。

ただしそれには、ちょっとした理由があった。多美の実家は、家禄八十俵の御家人で、根本家と同様、無役の小普請でもあり、百五十俵高とはいえど、れっきとした旗本である根本家の嫁には、普通ではなれないほど格下の家だったのである。

本来であれば、旗本は旗本どうし、御家人は御家人どうしと、幕府からも縁組に規制がかけられている。

だが男子を養子に取る際とは違い、女子が嫁入りするだけの場合には、幕府のほうも寛大で、形ばかり、家格の釣り合う他家の養女になってから嫁入りすれば、許されるようになっていた。

早い話が、当の十左衛門なども、今は亡き愛妻・与野《よの》とは「旗本と御家人」で、家の格は恐ろしいほどに異なっている。

家禄・千石の旗本である妹尾家に対し、当時から徒目付組頭の家柄であった橘家は家禄・二百俵の御家人であったため、仕方なく与野を「妹尾家の知己の旗本の養女」とした上で、改めてその旗本家から嫁にもらったのである。

今回の根本家も同様で、御家人の出身の多美は、一度、百俵高の旗本家の養女となった後に、根本家に嫁《とつ》いでいる。

おまけに多美は見たところ、少々寂しげな顔立ちではあるが、すこぶるつきの美形であり、無役で若くもない宏之進が、歳の離れた美しい嫁を手に入れることができたのは、ひとえに家格の差があったからだろうと思われた。

その根本家の嫁・多美が、「夫について話したいことがある」と言うのである。

十左衛門は、辻番所の番人に「悪いが、しばらく席を外してくれ」と頼むと、自分と本間、多美の三人だけになって話し始めた。

「なれば、ご妻女、お話の向きをお伺いいたしましょう」

本間が気を利かせて話の間に立ってくれて、まずは多美に、何でも好きなように話をさせてみる流れができた。

こうした、まだ全体の状況がつかめぬうちは、とにかく向こうに喋らせることが大事なのである。変に威圧感を与えれば、向こうは目付方《こちら》を怖がって、口を閉ざしてしまう。

多美に好きなように喋らせておけば、その内容や話しぶりから、背景を読み解くことができるやもしれないからである。

「あの、義母《はは》が……」

と、途中まで言いかけて、その先に迷ったか、多美は今更ながらに深々と頭を下げて自己紹介をしてきた。

「私、宏之進の妻で、『多美』と申します。あの、失礼ながら、『ご筆頭の御目付さま』とおっしゃいますのは、貴方さまでよろしいのでございましょうか？」

そう言って十左衛門のほうに向き直って、いささか覚束《おぼつか》ない口の利き方ながらも、多美は一所懸命なようである。

そんな嫁女《よめじょ》に、十左衛門は目をやわらかくして、うなずいて見せた。

「いかにも拙者が目付筆頭・妹尾十左衛門久継でござるが……、して、何用かの？」

「はい……」

多美は一瞬、目を伏せるると、いかにも勇気を振り絞るような口調で言い出した。

「根本の義母《はは》から、すべてお話は伺いました。あの、ですが先日、義母が申し上げましたことは、まったくの間違いなのでございます。何を見て、義母があした勘違いをしたのか判りませんが、夫の宏之進はただの一度も博打などいたしたことはございませんので……」

「ほう……」

と、十左衛門は、きつくなりそうな目つきを隠すため、わざと微笑《ほほえ》むように目を細くした。

こちらの「嫁」のほうはこうきたかと、そう思ったのである。

「なれば、多美どの。先般のあれは、『姑の折江どのの作り話』と申されるか？」

「あっ、いえ！『義母が話を作った』などと申している訳ではございません！ただ、その……、義母はおそらく『勘違い』をしておりまして……」

おずおずと、多美は事情を話し始めた。

夫の宏之進は「何とか御役に就きたい」と、もうずっと長い間、猟官《りょうかん》活動を続けているのだが、なかなか思うように仕官の口は見つからないという。

「もとより少し、気が強うございますので、思うようになりませんのが我慢ならないのでございましょうが……」

荒れて、町場に出ては深酒をし、家に戻って暴れたり、声を荒げたり、時折などは町場で知り合った飲み仲間を誘って屋敷まで連れ帰り、朝方までどんちゃん騒ぎを続けたりもするのだが、夫はそうして飲むだけで、博打をする訳ではない。

ただ年老いた義母から見れば、それが「博打狂い」と見えたのかもしれない。

「お恥ずかしいことながら、夫は荒れると、家人の諫《いさ》めなど聞きません。妻の私や、先代の頃から忠義の『治助《じすけ》』という中間《ちゅうげん》の申すことなど元よりでございますが、義母にさえ火がつくように怒り出しまして、よけいに暴れたりもするものでございますから、義母にはそれが『博打のため』とでも見えましたのではないかと……」

「さようでござるか」

「はい」

「…………」

十左衛門は黙って、しばし待ったが、多美はもう何も話すつもりはないらしい。その嫁の様子を見て取って、十左衛門は口を開いた。

「ご事情、相判《あいわか》り申した。なれば、ご当主・宏之進どのにおかれては、酒をやられるばかりで、博打などされてはおらぬということにござるな？」

「はい」

ほっとしたのであろう、多美は顔つきをゆるませている。こうして目付《こちら》の言うことを言葉のままに信じるようなところを見ると、この嫁女は、元来が素直な性質《たち》なのかもしれなかった。

とはいえ今の状況で、この嫁側の言い分ばかりを信じる訳にはいかない。

女二人が二人とも、それぞれに真逆のことを主張して、おまけに直《じか》に目付に言いつけに来るのだから、根本家が普通の家の状態でないのは明白なのである。

それに何より懸案の「宏之進」を見てみなければ、判断などできる訳がないのだ。

「なればもう、屋敷にお戻りいただいても結構でございますぞ」

「はい……」

やんわりとだが「邪魔だから去れ」と目付に言われたというのに、多美はいっこう動かない。

「いかがなされた？　まだ何ぞ、おありかの？」

何かあるなら、是非にも喋らせてしまわねばならない。十左衛門がやわらかく問いかけると、多美は勇気を得たか、再び顔を上げた。

「あの、それで……、御目付さま方には……？」

「ん？」

「…………」

だが多美は言いかけておいて、なぜかうつむいている。

そのいかにも言いづらそうな様子に、十左衛門は多美が言わんとする話の向きが判って、訊いてみた。

「わしら目付方が、『いつ見張りをやめるのか？』ということかの？」

「……は、はい……」

消え入るような声で答えて、多美は身を縮めている。

十左衛門は、この裏を作れない嫁女に対し、わざと何ともない風をしてこう言ってやった。

「いや、そうしたご内情であるならば、こちらも早々、引き上げるつもりでござる。したがご妻女、そも何ゆえに、さようなことをお気になされる？」

「あっ、いえ！」

と、多美はまた焦り始めたようだった。

「いえあの、もし当分、まだお調べをなされるのであれば、粗茶ではございますので すが、何ぞ茶や菓子でもこちらにお持ちしようかと……」

「ああいや、それはかたじけのうござった。したが、もう引き上げますゆえ、お気遣いのないよう……」

にっこりと十左衛門は笑って、わざと後ろで控える本間柊次郎に、撤収の指示を出すよう命じて見せるのだった。

六

姑の折江が入れ替わりのように、またも妹尾家を訪ねてきたのは、翌日の昼下がりのことである。

実はこうしたこともあろうかと、十左衛門は家臣たちに、「根本の家の者が訪ねてきたら、急ぎ城まで報せるように……」と命じてあったのだが、まさか翌日さっそく来るとは、さすがに十左衛門も驚いたものである。

他の案件の仕事に急ぎ手配をつけると、十左衛門は報せに来た若党とともに、馬を走らせ、駿河台の屋敷へと帰ってきた。

客の相手のほうは、いつものように路之介《みちのすけ》が心得て、上手に務めてくれていたようだった。

「あ、お帰りなさいませ」

振り向いてきた路之介とともに、折江もこちらに目を上げて慌ててお辞儀をしてきたのだが、その直前の路之介と話していたらしい折江の横顔は、驚くほどに穏やかだった。

だがそれは一瞬のことである。

「厚かましく、何度もお留守に押しかけまして申し訳ございませぬ」

と、十左衛門に向けて改めて頭を下げてきた折江は、先日と同様の張りつめた険しさだけを身にまとっていた。

「して、折江どの。いかがなされた？」

十左衛門はわざとさり気ない風に訊ねたが、折江が来るのを予想していたほどだから、「いかが？」の答えは判っている。

するとその予想の通り、折江は顔を上げて訊いてきた。

「昨晩、多美がお伺いいたしたようでございますが、一体、何を申し上げたのでございましょうか？」

「ああ。その一件でござれば……」

十左衛門は、こちらもかねて用意していた通りに、多美が申したままを答えた。

「宏之進どのには博打の悪習はない。無役の憂さを晴らそうと、始終、深酒をする悪癖はあるが、誓って博打はしておらぬと、そう申されておったが」

「…………」

顔を険しくして考え込むようにうつむくと、だが折江は、すぐに真っ直ぐこちらに顔を上げてきた。

「嫁は嘘を申しているのでございます。宏之進に脅されて、さような嘘を申し上げたに違いございませぬ。どうぞ私が訴えのほうをお聞き届けくださいませ」

折江は言うと、やおら着物の衿首《えりくび》を引っ張って、自分の右肩を露出させてきた。

「やっ！　これは……」

痣《あざ》である。

おそらく何か固いもので殴られたか、はたまた壁にでも打ちつけられたかしたのであろう。痣はまだごく新しいものらしく、血の色を残している。

いかにも老いて薄くなった折江の白い肌の皮の下に、痣は随分と広がっていて、十左衛門は何とも正視していられずに、目をそらした。

「これは昨日でございますが、古いものも……」

と、今度は袖をまくって、腕の痣を証拠に見せようとしているらしい折江を、十左衛門は慌てて止めた。

十左衛門は折江に背を向けて座り直すと、「着物を……」と、崩れた衿を直すように促した。

「はい……。有難うございます」

小さく言うと、折江もそっと後ろを向いて、着物の合わせを直している。

その互いに背を向けた形のまま、十左衛門は言い始めた。

「痣が博打の証拠《あかし》になる訳ではござらぬが、拙者は折江どのがおっしゃるほうを信じましょう。……しかして折江どの、まことにそれでよろしいか？」

「…………！」

と、折江が顔を上げ、思わず十左衛門を振り返った。

だが十左衛門は、こちらに背を向けているから気づかない。その目付筆頭の背中を、折江はしばらく見つめていたが、少しするとあきらめたように目を伏せて、もとの背中合わせに戻ってしまった。

「……折江どの。お答えがござりませぬゆえ、重ねてお訊ねいたすが、まこと倅どのはむろんのこと、根本の御家も潰れましょうが、よろしいか？」

「はい」

「いや、ようよい。判り申した」

今度は揺るぎなく返事をして、折江は身支度の整った身を、十左衛門に向けて座り直した。

「有難うございました。もう大丈夫でございます」

「ああ……」

言われた意味に気がついて、十左衛門が向き直ろうとしていると、それを待たずに折江は言い始めた。

「妹尾さま。もう正直に申し上げます。私、倅をあきらめますのに、二年もかかってしまいました」

「折江どの……」

何といったらいいのか、十左衛門の目の奥には、先ほどの折江の痣がどうしても消えずに残っている。

すると折江が、そんな十左衛門の頭のなかを見ていたように言ってきた。

「親の私にさえ、こうして手を上げるのですから、中間の治助や多美などには、もう鬼のようでございまして……。それを二年も、結局はあの倅を捨てられずに、どこまでも愚かな母親でございました」

「………」

自分には子がないから、やはり本当のところは判っていないのかもしれないが、親とはやはり、そうしたものなのであろう。

もう何とも声のかけようがなくなって、十左衛門はそっと目をそらすのだった。

## 七

折江が言うには、今、宏之進は十左衛門ら目付方を恐れて、じっと動かず我慢している最中とのことであった。

博打場へ行かないだけではなく、外に飲みにも行けないでいるものだから、夜になると家のなかで溺れるほどに酒を飲み続けて、外出できぬことにいらつき、家人に当り散らしているらしい。

折江が昼間、妹尾家を訪ねてこられたのは、日中は宏之進が寝てしまうからだそうだった。

あの調子では、ほどなく我慢の限界がきて、賭場に出かけていくであろうから、それまで少し見張りを解いたほうがよいかもしれない。

宏之進が賭場に出かけるような時期になったら、また報せにくる。自分では目立つから今度は治助を使いに出すからと、そう言って、折江は協力を申し出てくれたのである。

一方、佐竹の旧知であるあの柳原喜左衛門からは、「昔の折江や光右衛門をよく知る者たちと連絡が取れた」と、親切にも報せが入った。

昔の仕事仲間である勘定方の家の者たちで、すでに子の代に家督を譲って隠居している者ばかりであったが、皆が皆、口を揃えて、光右衛門夫婦のことを「よい方たちであった」と、懐かしく話してくれるのだった。

そうした幾つもの話を統合すれば、どうやら光右衛門という男には「切れ者」の印象はなかったらしい。

こつこつと、ただひたすら真面目に平勘定の職務に向き合っているだけの男で、それでも仕事に誤りがないよう細心の注意を払い、自分の作業が早く済んだ時には、何の驕《おご》りも屈託もなく「何ぞできるようなら、手伝おう」と仲間の者らに声をかけて、とにかく皆で力を合わせて勘定の仕事をやり遂げようと、それだけを純粋に目指しているような性質だった。

だが自分の仕事仲間に、そうした者が一人でも存在することは、実は稀有《けう》で、有難いことなのである。

近藤源太夫が組頭として率いるその組に、一人、光右衛門がいることで、近藤組は全体として「確実で信頼に足る、優秀な組」になった。

むろんそれには組頭の近藤が、組下の平勘定や支配勘定たちに人望があったためでもある。

だが近藤の優れているところは、一見すると、さして有能な印象のない根本光右衛門が、自然と皆の心をまとめて仕事をやりやすくしてくれていることに、きちんと気づけるところであった。

であるから、光右衛門が流行り病を得て、あっけなく逝ってしまった際には、「何としても、光右衛門の家族を守ってやらねばならない」と、心からそう思ったのである。

そしてまた周囲に好かれて人望を得ていたのは、光右衛門だけではなかった。

妻の折江は、少しじっくりと付き合えば誰もが判るほどの頭の良さを持った女人であったが、だからといって「夫に出世してもらいたい」などというギラギラとした野心は皆無で、夫・光右衛門のゆるりとした天性の大らかさを誇りに思い、ともすれば不器用な生き方で損をしがちな夫を助けて、それだけで実に愉しげに暮らしていたと、周囲の誰もが折江のことを好ましく感じていたのである。

そうしてそろそろ一月《ひとつき》が経とうという晩のこと、駿河台の十左衛門の屋敷に根本家の中間・治助がやってきた。「宏之進が今夜、博打に行きそうだ」と、報せてくれたのである。

無役で小禄とはいえど根本宏之進は旗本だから、本来ならば外出《そとで》には、治助を供につけるのが普通である。

だが深夜、宏之進は供もつけずに根本家の屋敷の潜《くぐ》り戸を出て、いそいそと歩き始めた。

治助の報せの後、十左衛門は急ぎ手配をして、根本家の屋敷からは、宏之進がどこへ向かおうとも必ず見落としがないように、すべての方向の道筋の辻番所に、目付方の番人を置いてある。

前回の失敗を繰り返さぬよう、夜の闇に潜んでの路上の見張りはいっさいやめて、すべて辻番所のなかに配置したのである。

その手配が功を奏して、宏之進がいそいそと出かけていったその場所は、すぐに知れた。

四ツ谷御門《よつやごもん》を渡って、麴町《こうじまち》や伊賀町《いがちょう》といった町場や寺地が続くその先の、鮫ヶ橋《さめがはし》谷町《たにちょう》という大きな繁華街の裏手にある賭場に入っていくところを、本間が数人の配下とともに、はっきりと目にしたのである。

十左衛門と佐竹は、駆け込んできた本間から報せを受けると、かねてよりの相談の通り、二手に分かれた。

佐竹は数人の配下を連れて、とりあえず根本家を押さえに出向いていき、十左衛門は本間の案内で現場に走り、宏之進の捕縛に向かったのである。

鮫ヶ橋谷町は町場ゆえ、町方の役人たちにも報せて、宏之進以外の賭場客も捕縛しなければならない。その町方への口利きは、十左衛門が町奉行らを通して町方の同心たちにもすでに伝えておいたから、今日いきなりの報せにも、町方がガタガタと文句を言う心配はなかった。

こうした捕り物は、やはり目付方なんぞより、日頃から手馴れている町方同心たちのほうが数倍上手《うま》い。それが重々判っている十左衛門や本間は、町方にきちんと「お願いする」形を取って、協力してもらったのである。

そうして思いがけず大規模に行われていた賭場は、無事、客の一人も残さず、片っ端から捕縛ができて、宏之進も本間に捕まり、決着を得たのであった。

# 八

町方とのあれやこれやの手配をすべて済ませ、捕縛した宏之進を引き連れて、十左衛門と本間が軽子坂近くの根本家まで戻ってきたのは、翌朝、もう空は白々とし始めた時刻であった。

「ご筆頭。どうも、お帰りなされませ」

根本家の屋敷のなか、佐竹はいつものように元気に迎え入れてくれたが、そうして声を出しているのは、さすがに佐竹一人である。

客間で座している佐竹の前には、折江と多美が並んでいて、部屋の隅には七十に近い治助も小さくなって座っていた。

「折江どの、お久しゅうござる」

座敷に足を踏み入れながら、十左衛門が奥の折江に声をかけると、

「妹尾さま、本日は、お有難うございました」

折江は畳に両手をついて、頭を下げてきた。

見れば、その姑の隣では、多美も揃って平伏している。

その多美の背中に、十左衛門はすまなそうに声をかけた。

「多美どのには、相すまぬ……。今、ご亭主・宏之進どのには、縄付きということもあるゆえ、ちと玄関にて待ってもらっておるのだが、こうした次第に相成ってしまい申した」

「いえ……」

多美はいかにも多美らしく、素直にすぐに返事を返してきたが、見る間に、その華奢な肩や背中が震え始めた。やはり泣き始めたようである。

「多美」

すると横から姑の折江が、小さく戒《いまし》めた。

「そう泣いてはいけませぬ。お腹の子に障りますよ」

「おう。ご懐妊であられたか！」

佐竹が、いささか場違いに、多美の懐妊を寿《ことほ》いでやっていたが、その腹の子の父親はすでに捕まり、おそらくは早々にこの屋敷からも出ていかねばならぬのである。

根本家に次の代が生まれることは、今はそうめでたいことではなかろうと思われた。

だが、いくらめでたくなくても、目付としては、その多美をそのままに放っておく訳にはいかない。まさか、まだ腹のなかにいる胎児にまで、父親の罪の連座を科すつもりはないが、この先、女二人と腹の子がどうやって生きていくつもりか、やはり訊かずにはいられなかった。

「こうした時に訊くのも酷《こく》かとは存ずるが、多美どの、その御子はどうなさる？」

十左衛門が訊ねると、まだ泣いていて、答えられない多美の代わりに、折江が答えてきた。

「この子の実家《さと》の意向もあろうかとは思いますが、生まれるまでは私のそばに置きまして、守ってやりとうございます」

「ほう。さようか」

さすがに皆に人望のある折江のことである。存外、この姑に任せておけば、女二人と赤子の三人、一生、喰うに困らず暮らしていけるのかもしれない。

すると、そんな十左衛門の考えに、冷水を浴びせかけるようにして、折江がいきなり付け足した。

「子が生まれましたら、後は私が引き取りまして、里子の先は何としても見つけるつもりでございます。多美がほうはご覧の通り、まだ若うございますので、実家に戻しまして、どこぞ別の縁にでも……」

「嫌でございます、義母上！」

泣き汚れた顔を構わず上げて、姑に横からすがりつくようにしたのは多美である。

「義母上。私、実家になど戻りませぬ！　産んだ子を里子に出して、私が実家に去《い》ねば、義母上はきっとご自害なさってしまうではございませんか？　私、嫌でございます。実家には戻りませぬ。私は生涯、義母上とご一緒に……」

「多美。私は自害などいたしませぬよ。聞き分けなさい」

「いえ！　義母上は必ず……！」

と、嫁姑の女二人、どちらも退かずに言い合っていた時のことである。

遠く玄関のほうから、ゲラゲラと大笑いする男の声が聞こえてきて、「おい、根本！　止まらぬかッ！」という本間の怒声とともに、両手を後ろに縛られて腰縄を長く引きずったままの格好で、宏之進が廊下から顔を出してきた。

「ひッ……！」

と、小さく悲鳴を上げて、横にいる姑に抱きついたのは多美である。

「宏之進、おまえ……」

そう言ってキッと息子を睨みつけながら、折江は嫁を守らんとして、自分のか細い身体を懸命に盾にして、多美を隠した。

その母親に向かって、宏之進は憎々しげに毒づいた。

「母上が睨むというのは、筋違いでございましょう。仕返しをさせていただきたくとも、こうして手が利かぬ今、睨んで睨んで、睨み殺しとう存じますのは、こちらのほうでございますよ」

「……………！」

ぐっと、多美を庇って抱く手に力をこめると、折江はその格好のまま、首をまわして十左衛門のほうを振り返った。

「妹尾さま。どうかこの鬼畜《きちく》の倅を、どこへなりとお連れくださいまし」

「へっ！」

鼻で嗤《わら》うなり、宏之進は折江たちのほうに向かって、唾を吐いた。

「誰の子か判らぬようなガキなど産んでどうする？　おい多美、おまえは馬鹿か？　流してしまえと申したであろうが！」

「お黙りなさいッ！」

言うが早いか、折江は立ち上がって息子の前まで行き、その頬をひっぱたいた。

「くっ……！」

叩かれた宏之進が鬼のように激怒して、縄をかけられた身体ごと、母親のか細い身体にぶつかった。

その勢いに押し倒されて、折江は下敷きになっている。

「義母上！」

と、泣きながら駆け寄ろうとした多美を目で止めて、十左衛門は折江を助けた。

その母を恨んで上から圧しかかっている宏之進を、本間と佐竹が左右から持ち上げて、引き剝がしている。

「ご筆頭」

と、佐竹は声をかけてきた。

「よければ、ここはお任せいたしますゆえ、拙者は本間とともに、この者を……」

「うむ。では佐竹どの、頼む」

「はっ」

まだ母親を睨んで暴れようとする宏之進を、二人で左右から押さえつけ、佐竹と本間は根本家から去っていったのであった。

## 九

泣きじゃくる多美をようやくなだめて、奥の座敷に寝かしつけ、折江が客間に再び戻ってきたのは、それから一刻（二時間位）もしてからのことである。

それでもさすがに「武家の女」である。

多美を連れて奥に去る際に、何やら中間の治助に小さな声で言いつけていて、それが「御目付さまに、何ぞ召し上がり物を用意しろ」ということだったのが、小半刻（三十分位）とせぬうちに知れた。

治助は、冷や飯を煮直したのであろう白粥と香の物、それに豆腐の味噌汁を添えて、十左衛門のもとに膳を運んできたのである。

その女隠居の心尽くしを有難くいただいて、十左衛門が客間で気長に待ち続けていると、折江は「申し訳ございません」と長く待たせたことを謝りながら、再び十左衛門と向かい合った。

「どうだな？　今は多美どのもおられぬことだし、そろそろすべて話してはもらえぬか？」

「はい。もう妹尾さまには、薄々お気づきのこととは存じますが……」

そう枕をつけた折江の話は、だが十左衛門にも、驚愕の内容であった。

以前から宏之進は博打をしては大負けし、次第、借金を増やして、多美や折江の着物をはじめ、先祖代々の小道具やら、はては行灯《あんどん》、布団までをも売り払っていたのだが、そうして金を作ってもとうとう間に合わなくなり、博打の借金を棒引きにする代わりに、妻の多美を賭場の胴元やら手下やらに抱かせていたというのである。

一番最初にそういう話になったのが、宏之進からか、向こうの賭場の男たちからかは判らない。確かめたくないことなので、折江もさすがに問いただすのはやめていたそうなのだが、いつであったか、賭場の手下だという若い男が、嫌がる多美を離れの座敷へ引っ張っていきながら、「なるほど、ご亭主が自慢するだけのことはある」と、多美の美貌を褒めたのを耳にして、折江は身体中が総毛立ったという。

「本当に、鬼畜になってしまったのでございますよ……」

一月《ひとつき》前のある晩、ふと夜中に厠《かわや》に起きてきた折江は、台所の片隅で多美が包丁を握りしめて、ぶるぶると震えているのを発見した。

驚いて、多美に近づこうとすると、多美はあわてて自分の喉《のど》に包丁を突き立てた。

だがそんなに簡単に、死ねるものではない。

喉の皮が切れて血がにじんだところで、折江は無事に、嫁を助けることができたのであった。

「でも、妹尾さま、私がやっと倅をあきらめることができましたのは、その時なのでございます……」

多美が死のうとした訳は、懐妊したからであった。腹に子がいるのに自分でも気がついて、めずらしく酒の入っていなかった夫にそのことを告げたところ、

「ふん。誰の子か判ったものではないな。そんなもの、医者に行って早く流して、今度は岡場所にでも出て稼いでこい」

と、そう言い放ったというのだ。

「多美の子がどうであれ、もはやこのように穢《けが》れた根本の家を継がせることなどできませぬ。倅の処遇は上様にお任せし、孫は良いお人のところに里子に出して、多美には根本のことなどは忘れさせ、私は亡き夫やご先祖へのお詫びに、自害するつもりでございました」

「やはり、多美どのの言う通りでござったか……」

「はい。あの娘《こ》はあの娘で『何とか、姑の私を死なせまい』と、必死になって嘘をついたようにございます……」

宏之進が捕まらず、このままの生活が続けば、むろん嫁の自分自身は女郎まがいに扱われるであろうが、そんな自分を救おうとして、姑の折江は、血の繋がった息子や根本の家を潰す覚悟をしてくれているのである。

何としても「義母上」を自害させてはならないと、多美は必死で考えて、ああして

十左衛門ら目付のところに駆け込んできたということだった。

「さようであったか」

「はい」

折江は小さくうなずいたが、だがすぐに目を上げて、「妹尾さま」と呼んできた。

「ですが私、自害するのはやめにいたしました。おそらく多美は無理に実家に帰したところで、私の望む通りになどいたしますまい。今さんざんにあちらの座敷で泣かれまして、私もあきらめました。多美と二人、子を守って、育ててまいりたいと存じまする」

「うむ」

十左衛門は返事をしたが、少なからず込み上げてくるものがあり、困って黙り込んだ。

するとと折江は察したか、自分も声を詰まらせて、しみじみと言ってくる。

「私、やはり、妹尾さまのもとに伺って、よろしゅうございました。有難う存じました……」

「うむ……」

お互いに、もう声は出さぬほうがよいらしい。

泣き笑いのような顔を見合わせて、十左衛門は優しく、女隠居にうなずいてやるのだった。

# 第四話　上申書《じょうしんしょ》

一

老中方には、日々、雑多に次から次へと上申書が上げられてくる。

まずは大名家が幕府に許可を求めて出してくるさまざまな願書の類《たぐ》いだが、大名家は二百数十家もあるものだから、婚姻や養子縁組、分家の願い、城や陣屋などの修繕の願書だけでも、そこそこの数になる。

それに加えて、寺社奉行、町奉行、勘定奉行といった幕政の中枢を担う役方からの伺書《うかがいしょ》や意見書、京都・大坂・長崎・佐渡《さど》といった十ヶ所以上もあるあちこちの遠《おん》国《ごく》奉行からの報告書なども送られてくる。

重大な案件から、「こんなものまで老中方に訊いてこなくてもいいだろう」というような取るに足りない小事まで、とにかくあちらこちらから続々と上申書の形で「お伺い」が立てられてきた。

　老中たちはその一つ一つに目を通して、「これは認めてもよかろう」とか、「こちらは、やはり許可できぬ」などと決裁していくのだが、その膨大な数の上申書すべてについて老中四人全員で話し合って決議するのは、事実上、無理な話で、ゆえに大した問題ではない上申書に関しては、その月の月番老中が一人で決めて処理してしまっても構わないことになっていた。

　とはいえ、やはり『老中』とて、人の子である。

　皆、自分一人で決裁の責任を負うのはできるだけ避けたいので、ちょっとでも判断が難しい上申《もの》は、やはり「要合議」にまわしてしまう。

　その「要合議」にまわされた一つが、今回の上申書であった。

　今、三名いる『材木石奉行《ざいもくいしぶしん》』から提出されてきた願書である。

　幕府内で行われる普請工事で使用する材木や石の買い付け、運搬、管理などを一手に受け持っているのが材木石奉行たちなのだが、今回その三人が連名で、

「『御舟蔵《おふなぐら》』の修築工事に使用する材木を、新規に買い揃えねばならないため、五百両の出費を認めて欲しい」

と、願い出てきたのだ。

御舟蔵というのは、上様がご使用になる『御召船《おめしぶね》』をはじめとした幕府の船を格納しておく舟蔵のことである。御舟蔵は江戸市中に幾つもあったが、その一つが大川《おおかわ》(隅田川《すみだがわ》)に架かる新大橋《しんおおはし》の本所《ほんじょ》側のたもとにあり、今回はその舟蔵の修築工事で必要な材の仕入れをすることになったというのである。

幕政を預かる老中方であるから、「五百両分の買い付け」に驚いている訳ではない。

だがいくら「見慣れている」とはいっても、自分自身の金ではなく幕府の金をいっぺんに五百両も使うのだから、やはり月番の自分だけではなく、他の三人《ひと》の老中にも一緒に決裁して欲しいと、今月の月番老中である周防守は思った。

三河岡崎藩・五万四千石の藩主、松平周防守康福は、四人いる老中のなかでは「三番手」といった立場である。

おまけに、この周防守は揉め事が苦手な性質《たち》なので、今回の材木の買い付けについても、当然のごとく合議にまわしたという訳だった。

老中四人が顔を揃えた御用部屋のなか、その月番の老中・松平周防守康福が司会で、今日も老中方の合議が始まっていた。

「次なるは、材木石奉行よりの上申にてござりまする」

今日はもうこれまでに、同様の「要合議」の上申が十四件あり、この材木買い付けの上申で、ちょうど十五件目であった。

その上にまだ周防守の脇に置かれている文箱《ふばこ》のなかには、二十通は下らない数の合議待ちの上申書が残っている。

このすべてを今日中に合議して決裁するのはおそらく無理で、また昨日と同様に、「明日に繰り越し」となる分がかなり残ってしまいそうであったが、明日にはまた明日の分が何十通も届くに決まっている。

やはりこの五百両程度の買い付けについてなど、月番の自分だけで処理してしまうべきだったかと、今更ながらに周防守も後悔し始めていた。

とはいえ、すでにこの上申については、「要合議」として、今、口にも出してしまっている。こうなったらとにかく早く処理をして次に進もうと、周防守は材木石奉行方からの上申書を手に取ると、さっそく決議のための作業に移った。

まずは懐《ふところ》から自分の扇子《せんす》を取り出して、畳んだ扇子の紙の部分に上申書を挟み込み、それを扇子ごと、車座に並んだ隣に座している老中方の首座・松平右近将監武元に差し出した。

「『御舟蔵、修築の材《ざい》の買い付け』にございますようで……」

首座に対し、差し出された扇子は、むろん手に取りやすいように柄を向けて、ていねいに両手を添えて出されている。

「心得た」

そう言って右近将監は受け取ると、扇子から上申書を引き抜いて、さっそく中身を黙読し始めた。そうして読み終えると、右近将監もすぐに上申書を元の通りに扇子の先に挟んで、隣にいる次席老中・松平右京大夫輝高のほうにまわした。

「はっ」

と、首座から扇子ごと受け取って、今度は右京大夫が上申書の中身に目を通す。

読み終えて、右京大夫が同様の所作で次にまわしたのは、四人いる老中のなかでは末席にあたる阿部伊予守正右であった。

「頂戴いたしまする」

押し戴くようにして受け取ると、伊予守も、先輩老中らと同様に、上申書の中身を読み始めた。

こうして合議したい上申書を、その場で声に出して読み上げずに、ただ黙って扇子に挟んでまわし読みするというのは、老中方の昔よりの流儀である。

それというのも、老中方の執務室である御用部屋の隅には、この部屋付きの同朋や坊主たちが常に待機しているため、その者たちに上申書の中身について知られぬよう、安易に内容の話はしないのが癖になっているのである。

老中たちは、次々に自分らのもとに上がってくる上申を処理していくため、許可できる上申《もの》には許可状を発行し、調査が必要なものは「御用部屋付きの秘書」といえる『奥右筆《おくゆうひつ》』方の者たちに調べさせ、また「不許可」にすべきものなら、その理由を書き記した上で、上申してきた本人に差し戻さねばならない。

そうした案件の処理のための雑用を、折々に急ぎ頼まねばならないため、声をかければすぐに動いてもらえるよう、同朋や坊主たちには常に待機していてもらわなければならないのだ。

だが反面、それは「安易に口に出して合議などすれば、すべて坊主たちに聞かれてしまう」ということだった。

御用部屋勤めの同朋や坊主は、合わせると二十人余りもいるから、真面目で口が固い者もいるかわりに、金に転んで何でも知っていることを喋ってしまうような小狡《こずる》い者も、やはりいる。内密にせねばならない上申の内容を、老中たちが口に出して論じていたら、秘密が外部《そと》に漏れてしまう可能性は大いにあった。

したがって今のように上申の内容については最小限しか口に出さず、扇子に挟んで次々にまわし読みをしていくという、独特な方法が取られているのだ。

自分のところにまわってきた上申書の内容を目読し、特に反対意見がなければ、その上申書をまた扇子に戻して、次の人にまわすことになっている。

もし何か意見がある場合には、『鰭付《ひれつけ》』と呼ばれる付箋《ふせん》を糊《のり》で貼り付けて、上申書の本文と一緒に読んでもらえるようにするのである。

上申書の書状の右脇に、魚の鰭のように飛び出した形で付箋を貼るため、「鰭付」などと呼ばれていた。

今、上申書を挟んだ扇子は、月番の老中・周防守から始まって、首座の右近将監、次席の右京大夫、末席の伊予守までまわってきたから、あとは元の周防守に戻すだけである。

ところが最後の阿部伊予守は、読み終えた上申書をじーっと眺めながら盛んに何やら首を傾げていて、いつまで経っても周防守に戻そうとしない。

その様子にいらついて、気の短い右京大夫が横手から声をかけた。

「いかがなされた、伊予どの。何ぞ、おありか？」

「あ、はい……」

この次席の先輩が、人一倍短気であるのは、御用部屋の全員が熟知していることである。これ以上いらつかせる訳にはいかないと、伊予守は、声をかけてきた右京大夫に小さく会釈しておいて、急ぎ、鰭付用の別紙に何か書き始めた。

小さく切って、貼り付けやすくしてある短冊のような用紙である。

さらさらと一行だけ何やら書いて貼りつけると、伊予守は鰭付つきの上申書を扇子に挟んで、周防守に謹んで戻した。

「拝見いたす」

と、少しく三番手の威厳を見せて、周防守が扇子を受け取った。そうしてすぐに鰭付に目を通したが、読み終えたとたん、目を真ん丸に見開いて、あわてて本文の上申書を開いて読み直している。

「周防さま、いかがでございましょう？」

そう訊いてきた伊予守に、周防守は大きく何度もうなずいて見せた。

「いかにも、拙者もそのように……」

周防守は答えると、さっきから「何のことやら」という顔で眺めている首座の右近将監に、そのまま渡した。

「……なに？」

鰭付を読み終えた右近将監も目を丸くしたが、

「うむ……。したが、わしにはよう判らんな……」

と、しきりに首を傾げながら、上申書の本文を眺めている。

「右近将監さま、ちとよろしゅうございましょうか？」

さっきから、なかなか自分の順番がまわってこないことにいらいらしていた右京大夫は、とうとう横から首座の右近将監をせっついた。

「いやな、これなんだが……」

もう扇子にも挟まずに、右近将監は鰭付つきの上申書を右京大夫に手渡した。

「………！」

鰭付の一行を見たとたん、やはり右京大夫も小さく息を飲んで、急いで本文を確かめている。

そうして興奮のあまり、つい右京大夫は口に出した。

「おう、伊予どの。たしかに、あった」

「やはり、さようでございますか」

気難しい右京大夫に意見が認められて、ほっとしたのであろう。伊予守は嬉しそうな顔をした。

伊予守が書き添えた鰭付の内容は、以下のようなものである。

『この書状とそっくり同じ内容の上申が、以前にもあったように思われます』

つまり今回、材木石奉行たちが連名で出してきた五百両の材木買い付けの上申書は、すでに以前、同じ内容で上申されて、老中方に上がってきていたのである。

その際、買い付けは許可されて、費用の五百両もすでに幕府から出金し、材木石奉行たちのもとに渡されているはずであった。

「いやしかし、どれくらい前であったか……」

独り言のようにつぶやいた周防守に、伊予守が呼応した。

「そこなのでございます。私も『前に見た』とは思っても、『それが、いつか？』は、いっこうに判りませんので……」

いささか言い訳じみてはいるが、実際、老中方に上げられてくる上申書は、日々かなりの数なのである。

ゆえにその一つ一つの内容など、とてものことすべて覚えていられる訳はなく、老中たちは、基本その時々で、各種、上申書の処理のしようを決めていた。

「さて、まこと情けないことではあるが、今こうして言われてみても、わしがほうは、いっこうに……」

正直に白状したのは、首座の松平右近将監武元で、だが自分が覚えていないからといって、他の三人の言うことを信じていない訳ではないらしい。それが証拠に、伊予守に向き直って、こう言い足した。

「いやしかし助かった……。伊予どの、まことによう思い出してくださった」

「いえ、たまたま薄っすらと、気づいただけにございまして……」

やはり首座に恥をかかせてしまったかと、伊予守は末席として、今更ながらに気を遣って、身を縮めている。

すると右京大夫が、突然、いきり立って言い出した。

「十左め！　あやつらしくもない。一体、何をいたしておるのだ！」

右京大夫が名を出した「十左」というのは、むろん目付筆頭の妹尾十左衛門久継のことである。

それというのも、十左衛門ら目付の仕事の一つに「幕府内で行われる普請事《ごと》の認可」というものがあり、たとえば江戸城内において、どこかの柱が傷《いた》んで交換時《どき》がきたとして、その柱一本、交換するにも、目付方に「交換の願書」を出して許可をもらわなければ、普請を始めることはできないのだ。

おまけにこの許可書は、目付十人全員が自分で印鑑を捺《お》して、許可したことを証明しているものなのである。

目付方からこの許可書がもらえなければ、そもそも御舟蔵の修築自体ができない。つまり目付が印鑑を捺したからこそ、今ここに「御舟蔵修築のための、木材の買い付けの願書」が出されているということで、目付方のほうでも同じ願書が前にも出ていたことを見落として、二度も許可書を出したのではないかと、右京大夫はそこに気づいて問題視しているのだ。

「こちらが『こう』ということは、目付がほうも同じであろう。こちらはたった四人だが、向こうは十人だぞ。雁首《がんくび》揃えて、一人も気づかぬとは何事だ！」

「右京どの！」

横手から右京大夫の暴走をぴしりと止めたのは、首座の松平右近将監武元である。

これ以上、具体的に喋られてしまっては、「上申の見落とし」というこの由々《ゆゆ》しき問題の中身が、同朋や坊主たちにまで知られてしまう。こうしてすぐに激しては、部屋の外にまで聞こえそうなほどの大声で、危険な部分まで口にしてしまう右京大夫に、(悪い御仁ではないのだが……) と、右近将監は首座として、いささか困っているのも事実であった。

案の定、今の右京大夫の声も外まで聞こえていたらしい。襖で仕切られた隣の座敷、通称『次《つぎ》御用部屋』と呼ばれる若年寄方の執務室から、

「お話の途中、ご無礼をいたします」

と、声がかかってきた。

「信濃でございまする。何ぞ、目付のほうにございましたでしょうか？」

声の主は、若年寄方の首座・小出信濃守英持である。案じていた通り、やはり右京大夫の声は、漏れ放題のようだった。

「ほれ、やはり……」

ため息を一つして、右近将監は、次席の右京大夫を振り返った。

「右京どの、お気遣いのほど、お頼みいたすぞ」

そう言って右近将監は、くいくいと、自分の口を指差して見せている。

「……いや、まこと、申し訳もございませぬ」

さすがに反省したのであろう。右京大夫も小さくなっている。

その次席老中にうなずいて見せてから、右近将監は襖に向かって声をかけた。

「おう信濃、入ってくれ。ちと危急に、頼みたいことがある」

「ははっ」

坊主が二人、左右から襖を引き開けて、信濃守が顔を出した。

そしてほどなく同朋や坊主たちを残さず人払いした後に、信濃守は今回の事の次第を、右近将監ばかりではなく、横手から口を出さずにはいられない右京大夫からも、たっぷりと聞かされたのだった。

二

「え？　なれば、五百両もの買い付けの上申書が重なった、と……？」

驚きの声を上げたのは、御用部屋で名まで口に出されてしまった目付筆頭・妹尾十左衛門久継である。

今、十左衛門は小出信濃守に呼び出されて、若年寄方の下部屋に訪ねてきたところである。普通、下部屋というのは役方ごとに与えられるものだから、一つの下部屋を皆で使うのが当たり前なのだが、幕府最高官である老中と若年寄に対しては、一人に一部屋ずつ、個室の形で与えられている。

したがって、信濃守の下部屋であるここには誰も入室できないため、密談をするには、もってこいの場所なのであった。

「さよう。奥右筆方に命じて調べさせたところ、どうやら先《せん》の上申は三月《みつき》も前だったようなのだが……」

奥右筆方の執務室は、老中や若年寄のいる御用部屋から廊下一つ隔てただけの、すぐ近くにある。

老中や若年寄の秘書役として、御用部屋から出す文書の起草をしたり、清書をしたり、同朋や坊主たちでは用の足りない込み入った内容の伝達に走ったりと、さまざまな働きをするのが奥右筆方であるのだが、仕事の一つに、上申書に書かれた内容についての調査がある。

昨日もあの直後に右近将監より正式に命《めい》が下り、今回の上申と同じものが以前にも存在するか否《いな》か、奥右筆方で急ぎ調べたそうなのだが、やはり伊予守らが思い出した通り、三ヶ月前に同じ内容の「買い付けの許可を求める上申書」が存在し、処置済みの老中方関連の書類のなかから見つかったという。

「して、信濃守さま。その二通は、筆跡や文の仕立てようまで、ぴたりと同じでございましたので?」

「いや。『御舟蔵の修築がため、木材を五百両がところ買い付けたい』と、願い出の中身こそ同じであったが、筆跡も違えば、書きようも違った」

「さようでございましたか……」

とはいえ、ああした役方で出す文書などというものは、別に「決まった誰かが書く」という訳でもないから、筆跡や文の仕立てようからだけでは、たいして調査の手立てにはならないかもしれない。

　そんな調査の先の方法について十左衛門が考え始めていると、

「おい、十左よ」

　と、前で信濃守が、一膝、乗り出してきた。

「それよりは、自分の身に降りかかった火の粉を払え。あの右京大夫さまが、大変なご立腹だぞ」

「ご立腹……？　『私に』でございますか？」

　目を丸くした十左衛門に、信濃守は困った顔をして見せた。

「そなただけではない。目付方十人、皆にだ。まあ、いささか八つ当たりの気味はあるがな……」

　ため息を一つして見せると、信濃守は、右京大夫が何を怒っているのか、その次第を話した。

「なれば、御用部屋の皆々さまにおかれましては、我ら目付方が『御舟蔵の修築の許可《みとめ》を、二度した』と、お考えで？」

　とんでもないことである。

思わず十左衛門は膝立ちになって、信濃守に詰め寄りかけた。

「まあ、待て。来るな」

その十左衛門を止めて、手の平を向けると、信濃守はなだめるように言い足した。

「ご老中方全体がそう思っている訳ではない。おそらくは右京大夫さまだけだ」

「………」

一瞬、黙り込んだ十左衛門に、信濃守は「判っておる」という風にうなずいて見せてくれた。

「そも、おぬしらの手元《もと》にくる『普請事の願い出』と、ご老中方に上げられる『買い付けの願い出』とでは、上申の筋が違うゆえな。いわば、関《いた》わりのない話だ」

たとえば今回の修築でいえば「本所の御舟蔵の壁や床が傷んできたので、修築してもらいたい」と、舟蔵の管理をしている『船手方』から『作事方《さくじがた》』に、要請がきたところから話が始まっている。

作事方では、そうして諸方から要請がくると、『作事方被官《ひかん》』という工事の設計や見積もりのできる者を現場に行かせて、工事にかかる費用や日数、どういう職人が何人くらい必要か、等の見積もりをし、その見積もりを作事方の長官である作事奉行が認めた時点で、初めて作事方から、目付方へ願書が出されてくる。

「実は今回、御舟蔵を修築したく思うのですが、こういう形で普請工事に入ってもよろしいでしょうか？」という風に、目付方に許可を求めてくるので、それが「妥当だ」と思えば、目付十人全員でそれぞれ自分の判を捺して、許可状を出してやるのである。

それが目付方の出す、普請事の願い出の許可状であった。

一方、今回、老中方にまわってきた「材木買い付け願い」の願書は、『材木石奉行』方から出された経路の異なるものである。

御舟蔵の修築が認められると、作事方は見積もった分の材木や石をもらうため、材木石奉行方に願書を出す。

材木石奉行方では、常にある程度の数の材木や石は買い整えて保管してあるから、基本的にはそれを使えばいいのだが、在庫で賄《まかな》えない場合には、新規に買わねばならない。

舟蔵の材ということで、今回は水濡れにも強い高価な木材を揃えなければならず、今の在庫では足りなかったからである。

そこで老中方に「買い付けの願書」を出したという訳だった。

つまり、老中方が決裁する願書と、目付方が決裁する願書は、経路の異なる全くの別物なのである。

「右京大夫さまとて、今日はもう『短気の瘧《おこり》』もおさまっておろうから、ご自分が要《い》らぬ八つ当たりをされたことにも、すでにお気づきであろうよ」

「はい……」

仕方なく返事はしたが、さりとて自分ら目付方が「同じ案件があった事実《こと》に気づかず、二度も通してしまった」などと思われてはたまらない。

考えて、十左衛門は慎重に口を開いた。

「御舟蔵の修築のことなら、よう覚えておりまする。どれほどの修築が必要か、その程度を、目付方《こちら》でも確かめたほうがよかろうかと存じましたもので、徒目付のなかでも組頭の橘《たちばな》を呼んで、検分させてまいりました」

「ほう。橘を、直《じか》に行かせたか？」

「はい」

『橘』と名が出ているのは、四人いる徒目付組頭の一人、橘斗三郎《とさぶろう》である。この橘斗三郎は、十左衛門の亡き妻・与野《よの》の弟で、つまりは義弟にあたる。

だが「目付筆頭の義弟」などという謳《うた》い文句など関係なしに、斗三郎は誰もが認める切れ者で、調査《しらべ》の勘も鋭く、人当たりもよいゆえ、上司《うえ》からも配下《した》からも信頼を得ている。

その斗三郎に御舟蔵の検分をさせたと聞いて、信濃守も、少なからずほっとしたようだった。

「して、十左衛門。橘を舟蔵に行かせたのは、いつの話だ？」

「つい先日のことでございます。おそらくは、まだ十日と経ってはおりませんかと」

「なれば、昨日まわってきた二枚目の上申はともかく、三月《みつき》も前に出された一枚目は、目付方《そなたら》の『普請の許可《ゆるし》』も得ぬままに、御舟蔵の修築を謳った贋《にせ》の上申ということか……」

「はい……」

十左衛門は返事をしたが、頭では、やはり先ほどからずっと同じことを考え続けている。こうして信濃守は目付方《こちら》を庇って、訊かずにいてくれているのであろうが、自分ら目付が今回の老中方のように、同じ書状を気づかずに再度通してしまったのか否かは、やはりはっきりさせておかねばならないのだ。

「信濃守さま」

改めて十左衛門は信濃守に向き直ると、しっかりと目を合わせて申し上げた。

「これより急ぎ、目付部屋に立ち帰り、皆にも訊いて確かめるつもりではおりますが、本所の御舟蔵の修築については、やはり先般、橘に調査《しらべ》させ、その報告をもとに目付十人、皆の合議で『許す』と決めた、あれだけにござりまする。誓って、それより前には、御舟蔵の修築については話を受けてはおりませぬ」

凜《りん》として言い終えると、だが十左衛門は、いつも自分たち目付方を庇って、上つ方《うえかた》との間に立ってくれている信濃守に対し、心よりの感謝を表して、平伏した。

「この一件、必ずや真相をつかんで、先の五百両がどうなっているものか、行方をつかんでまいりまする」

「うむ。十左、頼んだぞ」

「ははっ」

この後、信濃守は御用部屋に戻れば、またも右京大夫あたりから、自分ら目付方を庇ったことであれこれ言われるに違いないのだ。

そんな信濃守に恥をかかせぬためにも、何としても真相を調べ上げねばならないと、十左衛門は肝に銘じるのだった。

# 三

だが実はこの一件、十左衛門は自分が担当することはできなかった。

今ちょうど他に幾つも案件を抱えているため、この上申書の一件まで担当する訳にはいかない。

こうした時に危なげもなく頼める一番の目付は、やはり稲葉徹太郎《てつたろう》なのだが、今は稲葉も忙しく、城にも毎日は戻ってこられぬほどに、あちらへこちらへと飛びまわっている。

「では、誰に……」と考えて、十左衛門は西根に頼むことにした。

今年三十九歳になった西根五十五郎《いそごろう》は、目付十人のなかでも稲葉同様きわめて有能な一人で、勘も鋭く、人間《ひと》の言動の裏も読めて、まずは何を優先するべきか、先を見据えて自分や配下の動き方を決めることのできる男である。

ただ一点、西根には、どうにも目立つ欠点があった。

西根は生来の天邪鬼《あまのじゃく》で、他人《ひと》に嫌われるような皮肉や嫌味を好んで口にする悪癖があり、要らぬところで、下らない敵を作ってしまうのだ。

だがとにかく、西根は頭の回転が速い。おまけに西根当人は隠そうとしているようなのだが、実は存外に情もあり、「ああだ、こうだ」と皮肉や嫌味を言いながらも、目付部屋で仲間と一緒にいることを愉しんでいるのが見て取れる。

そんな十四、五の大人になりきれない少年のようなところのある西根を、だが十左衛門は、基本、微笑《ほほえ》ましく眺めていた。

もちろん西根の悪口《あっこう》が過ぎて、周囲と要らぬ悶着を起こしている時には、筆頭として「西根どの、口が過ぎるぞ」と、横手から戒《いまし》めている。

だが十左衛門は、この愛すべき天邪鬼を、目付として心から頼りに思っていた。

その西根を目付方の下部屋に呼び出して、今、十左衛門は余人を入れず二人きり、今回の経緯を話し終えたところである。

「ご筆頭。なれば、この一件、合議におかけになられますので？」

「いや……」

訊ねてきた西根五十五郎に、十左衛門は苦笑いをして見せた。

「信濃守さまには、『皆にも訊いて確かめる』と言うてはきたが、もとより同じ中身を二度通すなど、有り得ぬゆえな。合議の席で口になど出せば、『このままでは、面目が立たぬ！』と、老中方に直談判しかねない御仁も少なくはないゆえ、すべて一件の片が付くまでは、目付部屋《へや》では黙っていようかと思うてな」

「……ふっ」

実に西根らしく、西根五十五郎は鼻で嗤《わら》って言い足した。

「さようでございましょうな。まずは小原さまだの、蜂谷どのだのと、後の損得も考えず直情で動く御仁がおられますゆえ」

言うだけ言って、いい気分なのであろう。西根はにやにや、口の片端を上げている。

その西根に、十左衛門は改めて向き直った。

「西根どの。かくいう次第で、ちと面倒な一件とは思うが、よしなにお頼みいたす」

「いつものことでございましょう」

常のごとくで返事にも少々嫌味が入ったが、見れば顔つきのほうは、難しい案件を任された喜びで、晴れがましさを隠せないでいるようである。

配下のほうは、もとより御舟蔵の修築について調べていた徒目付組頭の橘斗三郎をまとめ役にして、斗三郎に、なるだけ精鋭を集めてもらった。なかでも高木与一郎《たかぎよいちろう》は、平《ひら》の徒目付のなかでは「有能」と評判が高く、目付たちにも気に入られている徒目付である。

橘斗三郎に加えて、高木までが与えられ、西根は意気揚々と調査を始めるのだった。

まずは三ヶ月ほど前に出されて、老中方から認可も受けた五百両の木材買い付けについて、さっそく高木が調査してきた。

今、西根は橘と高木を集めて、下部屋で打ち合わせの最中である。

「この三月《みつき》が間に、材木を買い入れた様子はございませぬ。石についても同様でございました。やはり五百両が金子《きんす》は金のまま、どこぞにございますはずで」

「うむ……。なれば奉行の誰ぞが隠しておるか、その下の下役か……」

今回、二度目に出されたという願書が、正式なものなのか、はたまた贋の詐欺のようなものなのか、それについては調べてみなければ判らないが、とにもかくにも三ヶ月前に出された願書の分の五百両は、使途不明のまま、どこかに消えてしまっているのである。

「引き続き、先の五百両については行方《ゆくえ》を追うつもりでおりますが、こたびが『二度目の上申』につきましては、何を、どう、調べていけばよいものか……」

事態の全容さえ、いまだつかめずにいる状態で、一体どこから手をつければよいものかと、高木が報告の最後につい愚痴めいた一言を付け足すと、横で西根は、「ふん」と鼻を鳴らしてきた。

「奉行だ、奉行。まずは、あやつらを疑う、というのが筋であろうが」

願書はどちらも材木石奉行方から出されており、文面の最後には、どちらにも材木石奉行三名の署名がなされているのだ。

その署名の筆跡が、今回の願書も、以前の願書も、二枚同じである以上、奉行はつまり「関わっている」ということになる。

「なれば私、ちと奉行らを調べてまいりまする」

そう言って高木が立ち上がろうとするのを、「待て」と西根が止めて、こう言った。

「直に会うて、様子を見る。橘、面談の場を用意しておけ」

「はっ」

斗三郎が返事をして、高木はスッと身を控えた。

西根はやはり他の目付たちと比べても、自分の目や耳で感じたところを一番に頼りにする目付なのである。

そうして、なおかつ気が早い。ゆえに言われた時にすぐに手配に動き出さねば、ねちねちと嫌味を言われるのは必定であった。

「では……」

西根の機嫌を損ねぬよう、さっそく手配に向かおうとすると、その斗三郎に、またも「待て」と西根が声をかけてきた。

「はい」

と、斗三郎も慣れているから、さっと西根の横に戻ってくる。

「手配で、何か?」

「うむ。奉行は三人『まとめて』がよい。して、面談の座敷のことだがな……」

思いつくまま、西根は面談の形を意外なものにしていくのだった。

四

橘斗三郎の手配で、材木石奉行ら三名との面談の場が整ったのは、翌日のことであった。

場所は本丸御殿内の『柳之間《やなぎのま》』という、広さ五十畳ほどの大座敷である。幕府の式典の際には大名たちが控え室として使用する、ごく格式の高い座敷の一つで、この柳之間については、目付方にも使用が許されている。

むろん他にも目付方《こちら》には許されている座敷はあるのだが、西根は選んで、この柳之間に材木石奉行らを呼び出していた。

材木石奉行は、御家人ではなく旗本身分の者の就く役職ではあるのだが、役料は百俵で、決して幕府の高官とはいえないから、大名の使うこの柳之間には、普通なら足を踏み入れることも許されない。

今日は目付からの呼び出しゆえ、特別に入ることができたのだが、五十畳もの広さの襖一面にサワサワと風になびく柳の木が描かれており、その細枝の、風にいいように吹かれて心許ない感じが、まるで自分ら材木石奉行の「目付に突如、呼び出された不安」と相俟《あいま》って、よけいに緊張を強《し》いてくるのだった。

むろん、これは、西根の西根らしい『嫌がらせの手法』である。

「なれば、右手の御仁から失礼をいたそう」

そう言って西根は、前に並ばせた三人を、ずるりと舐めるように見渡した。

「まずは右手のご貴殿が『谷山悌二郎実勝《たにやまていじろうさねかつ》』どの、して、中《なか》のご貴殿が『津田伊兵衛《つだいへえ》長頼《ながより》』どので、左のご貴殿が『木原彦右衛門隆義《きはらひこえもんたかよし》』どのと、御名がほうは、これで間違いはござらぬか？」

訊かれて三人、互いに不安げな目を見合わせていたが、右の谷山というのが、「はい」と代表して答えてきた。

「間違いはござりませぬ」

谷山は改めて頭を下げてきて、他の二人も急ぎ続いた。

やはり事前の橘斗三郎の調べの通り、一番長くこの職に就いている谷山が、材木石奉行方の筆頭であるようだった。

「なれば、さっそくにもお伺いいたそう。他でもない、先般、貴殿らがご上申の『この書状』についてでござるが……」

そう言って、西根は手元に置いた文箱から、くだんの上申書を取り出して見せた。

もとより上申書は、文《ふみ》のように折り畳まれていたのだが、西根が文箱から取り出したものは、すでに折り目が解かれて開いた状態になっている。

その上申書を、わざとビラビラ揺すって見せながら、西根はいささか高圧的に質問をし始めた。

「こうしたものの仕立ては、やはりご配下に、すべて任されるか？」

「………？」

と、一瞬、奉行三人は目を丸くしてきたが、すぐに谷山が答えて言ってきた。

「本文の清書がほうは配下に任せておりますが、こと内容《なかみ》につきましては、我ら奉行三名で取り決めておりまする。ゆめ、おざなりに任せきりにしているものではござりませぬ」

配下には清書をさせているだけで、本文の文章までを丸投げにしている訳ではないと言いたいのであろう。

　実は西根はそんなことを訊きたい訳ではなかったが、あえて何とも否定はせずに、先を続けた。

「さようか。では、こちらがご署名は、いかがか？」

「え……？　あの、『署名は？』と、おっしゃいますと……？」

　署名などというものは、自分で書くから許可した証《あかし》になるのであって、それを「署名は誰が書いているか？」と、わざわざ訊ねてくるその真意が判らない。

　だがむろん西根のほうは、谷山たちに揺さぶりをかけるため、わざと一見、不毛な質問をしているのである。

「いや、だから、そなたらの署名については、どうしておるかと訊いておるのだ」

　いささかムッとしたふりをして、険しい顔をして見せると、その西根に半ば反論するようにして、三人のなかでは群を抜いて若い『木原』という奉行が、横手から言ってきた。

「他役《よそ》さまが、いかがなさっているものかは存じませぬが、誓って我が『材木石方』では、署名を配下にやらせるものではございません」

「さようか。なれば、重畳《ちょうじょう》……」

西根は上から抑えるようにそう言って、またもビラビラ、上申書を派手に振って見せている。

だが実はこの上申書、一枚ではなく、二枚を重ねて一緒に持っているのである。

西根はこれを最初に文箱から出した時から、わざと二枚重ねて持っていて、それが「二枚」と判る者にはすぐに判るように、派手にビラビラ振って見せていたのだ。

表面に出ている一枚は、今回、老中方にまわされてきた、後からの上申書である。

そうして下に重ねてあるのは、三ヶ月前に願書として出されて五百両の支給も済んだ、くだんの「贋」とおぼしき上申書《もの》であった。

つまり西根は、口ではどうでもいいようなことを訊きながら、二枚の上申書をそのままに相手に見せつけて、奉行ら三人の顔色が変わるか否か、その表情を確かめていたのである。

だが実際、こうしてこんなにビラビラと振っているというのに、奉行たちの顔つきに、それらしい変化は見られない。

おそらくは、「妙なところに難癖をつける、面倒な御目付さまだ」と思っているのだろう。四十を過ぎた様子の谷山と、その下の津田という奉行二人は、「触らぬ神に祟《たた》りなし」とばかりに、こちらと目が合わぬよう、じっと下を向いている。

ムッとした顔をそのままに、こちらを睨んでいるのは、まだ三十にもならなそうな木原という末席の奉行だけで、つまりは三人が三人とも、西根がビラビラさせている上申書の重なりには、いっこうに意識を向けてはこないのである。

この状況から推し量れば、今ここにいる材木石奉行ら三人は、三ヶ月前に出された上申書についても、消えた五百両についても、いっさい何も知らないのではないかと思われた。

（では奉行たちではなく、もそっと下役《した》の誰かが画策したということか……）

なぜ上申書の二枚ともに、この三人の署名があるのか判らないが、やはりどう考えても、目の前の三人が悪事をしているとは思えなかった。

そうして西根が、あれやこれやと頭のなかで推論し、必死に次の一手を考え始めた時である。

材木石奉行の三人が、目付の前だというのに、何やら互いにこそこそと小声で話し合っているのが目に入ってきた。

そうして西根《こちら》が見ているのに気がつくと、

「御目付さま！」

と、谷山が喰いつくように声をかけてきたのである。

「谷山どのか。何でござろう」

努《つと》めて平静を装って西根が答えると、谷山は必死の顔つきで言ってきた。

「五百両という額が、やはり難しゅうございますのでしょうか？」

「え……？」

何のことやら判らず、思わず西根が、素《す》で目を丸くしていると、谷山は他の二人ともうなずき合って、完全に嘆願の体《てい》になった。

「申し上げます。こたびの御舟蔵の修築におきましては、少しく規模の大きなものになりますゆえどんなに材木を買い叩いてみましても、五百両がところは必ずや要りようになりますことかと……」

本所の御舟蔵は、大川に突き出す形で造られているため、どうしても水や川風の影響を受けて腐りやすく、昔より随時、手を入れて修築してきたようではあるが、ここで一度大掛かりに直しておかねば、全体の持ちが悪くなると、作事方からも報告を受けている。

それゆえここで、五百両という材木費用を減らされては、大変に困る。どうか一両とて減らすことのないよう、御目付さまから上つ方に頼んでみてはもらえないかと、材木石奉行らは三人、もう谷山だけではなく、津田や木原までが一緒になって必死にこちらに頼んできた。

「…………」

西根は内心、がっかりして、三人の奉行たちを見下ろした。

これはもう間違いなく、この者たちは消えた五百両には関わりがないのだ。

「相判った。もうよい」

てんでに訴えてくる三人を、目付の一喝で黙らせると、仕方なく、西根は善良な材木石奉行たちに太鼓判を捺してやった。

「貴殿らの御役目に対する衷心《ちゅうしん》、目付として、頼もしく拝見いたした。買い付けの五百両については『鐚《びた》一文、下げることはできぬ』と、拙者のほうからも勘定方に、とくと申しつけておくゆえ、ご安心めされ」

西根はそう言うと、「有難う存じまする」と揃って頭を下げてくる三人の奉行を残して、柳之間を後にするのだった。

五

一方、高木は配下数人を引き連れて、『金奉行《かねぶぎょう》』方の執務室である『御金蔵役所《おかねぐら》』

を訪れていた。

金奉行方は、幕府の金庫である『御金蔵』を管理して、金の出納をつかさどる役職である。

役高・二百俵の金奉行四人を長官に、三十俵二人扶持の『金同心』という下役が二十三名いて、金の収納をする『元方《もとかた》』と、払い出しをする『払方《はらいかた》』に分かれて、それぞれ仕事をこなしていた。

ところが、この『元方』から『払方』を引いた帳面上の残高と、実際に金蔵にある金の額とが、なかなかに合わない。「なかなか合わない」というよりは、「あった例がない」というくらいのもので、高木たちが帳面や金蔵を見せてもらうと、今は二百十三両と二分（一両の半分）、帳面上より金蔵の金のほうが多かった。

金が余っているのだから、金奉行方は大威張《おおいば》りである。

今回、高木は願書が二枚あったことは伏せて、「目付方『勝手掛』・佐竹さまの命《めい》で、三月《みつき》前の出納について調べている」と口実をつけている。

金奉行方のほうでも今なら金が多いだけだから、目付が来たことなど恐れてなくて、帳面も、請求の書状も、領収の書状も、快く出してくれて、

「どうぞ、何でも好きにお使いくださいませ。判らぬことがございましたら、お訊ね

くだされば何でも……」

　と、金同心の一人などは親切にもそう言い残して、自分の仕事に戻っていった。

「よし！　なれば、三手に分かれよう」

　高木を入れて、こちらは五人できているから、一人が帳面の記録を辿り、あとの四人が二人ずつに分かれて、請求と領収の書状の山と格闘していく。

「あっ、高木さま！　ございました！」

　声を上げたのは帳面を調べていた者で、帳面にはごく簡潔に、「払い出した日付」と、「材木石奉行に五百両」とだけ記されている。

　だが請求や領収の書状の山のなかには、どんなに一枚ずつていねいに探しても、材木石奉行からの五百両の請求書も領収書もなかったのである。

「いや……。さようなことは、そう珍しいことでもございませんで……」

　言いづらそうに弁解してきたのは、二十三人いる金同心のなかでも古参でまとめ役を務めている『元締役《もとじめやく》』の者である。

「払方のほうは、その時々しっかりと確かめまして、帳面に書き残しておりますので、必定、用なしになった書状のほうには、そう皆も気配りは……」

「さようでございますか……」

つまり五百両、確かに金蔵から払い出されているというのに、誰が受け取ったのか、書状がないので判らないのである。

一方、だが橘斗三郎のほうは、作事方の人間のなかに、疑わしい人物を一人、見つけていた。

普請工事の見積もりや設計を行っている『作事方被官』の一人、鷲津淳一郎《わしづじゅんいちろう》という三十八歳の男である。

作事方被官は役高・五十俵の御家人の就く下役ではあるのだが、設計や見積もりという難しい仕事をこなさねばならない。高い算術の能力が必要なのはむろんのこと、工事が滞《とどこお》りなく進むよう、その時々で人や物資の配置などを臨機応変に考えられる頭の良い人物でなければ務まらなかった。

この役職は下僚ながらも、「筆算、第一の場なり」などと評されていて、これを上手に務めると、徒目付や支配勘定などという、御家人の職のなかでは第一級のお役への出世の道が開けてくる。

今、十六人いる作事方被官のなかでも、この鷲津は、「見積もりが一級だ」と、作事奉行からも、大工ら職人たちからも、常に褒められている男であった。

だが斗三郎は長年の徒目付の勘か、この鷲津が気になってたまらず、素行を調べてみたところ、上野山下《うえのやました》の岡場所に馴染みの女郎を持っていることが判明したのである。

「鷲津には、むろん妻子がございます。もとより婿《むこ》養子で鷲津家に入ってきましたもので、先代の舅《しゅうと》や姑《しゅうとめ》までが待っている家には、居場所が見出せなかったのやもしれませぬが……」

今、斗三郎はこの報告のため、目付方の下部屋で待っていた西根のもとを訪れている。部屋にはすでに高木がいて、斗三郎は高木からも金奉行方の話を聞いたところであった。

「鷲津は、子は何人だ？」

急に訊いてきた西根に、斗三郎は話の先を読み取って言った。

「十六の長女を頭《かしら》に、十五と十二の息子が二人ございます。皆ちょうど食べ盛りでございましょうし、親の代もおりますので、暮らしに金は幾らあっても足りないことでございましょう。鷲津は大工の棟梁だの、左官の頭だのより、ちびちびと小遣いをもらっておるようでございました」

「……ふん」

と、西根は鼻を鳴らしたが、顔のほうをよく見れば、さして嫌味もなく、上機嫌なようだった。

「これでまた、橘斗三郎のお株が上がったということか」

「有難うございます」

にっこりと礼を言い、斗三郎も、西根に負ける訳ではない。

「ちっ……。可愛げのないやつめ」

目付らしくもなく、いささか下卑《げび》た様子で舌打ちをすると、西根はこの配下二人に言い放った。

「これより、ご筆頭に報告《おしらせ》にまいる。ともに、参れ」

「ははっ」

実は西根は、すでにこの先をどうするか、考え始めていたのだった。

六

「なれば、まず怪しきところは、その鷲津何某と、金奉行支配の払方あたりということか……」

目付部屋のなか、報告を聞き終えた十左衛門がまとめると、西根も「はい」とうなずいた。

「実はちと『五百両』という見積もりが気になっておったのです」

西根は数日前、思い立って、本所の御舟蔵の様子を覗いてきたという。

舟を格納するため建てられている御舟蔵だが、長年、大川からの強い川風に晒されているうえ、床が水浸しになることもあって、おそらくは大規模な修築になるだろうと見えたという。

「どうだ、橘。そうは見えなかったか?」

西根に声をかけられて、斗三郎ははっきりと答えた。

「材木の相場が判る訳ではございませんが、五百両で『材木も、石も』となりますと、とてものこと、足りぬことかと……」

「うむ……」

話を受けて、十左衛門も先を読んだ。

「つまりは材木石奉行らが、今ある木材の在庫の数を差し引いて、なお幾らほどの買い付けをするものか、そこまでの勘定のできぬ者では、この横領はできなかったということだな」

「御意《ぎょい》」

にんまりと、ちとふざけて頭を下げて、だが西根は一転、真面目な顔つきになった。

「五百両と決めた見積もりが作事方、金蔵から持って出たのが金同心あたりと、役者は揃ってまいりましたが、あと一つ、残るは材木石奉行らの署名がことにございまして……」

「うむ……」

うなずくと、十左衛門は義弟を振り返った。

「奉行らの署名については、たしか斗三郎の調査《しらべ》であったな。あれはどうだ。やはり贋《にせ》の記名であったということか?」

「いえ、あれは、同じもののようでございました」

十左衛門の問いに答えて、斗三郎は話し出した。

それというのも斗三郎は西根の命《めい》を受けて、老中方から借りてきた三ヶ月前に出された上申書を、地道に調べていたのである。

本文については、すでに奉行らが西根の問いに答えて話したように、材木石奉行方の配下の者が清書しているそうだから、「誰の筆跡《て》」と判らぬままで構わない。

問題となるのは、ただ一点、上申書の末尾に書かれた奉行ら三人の署名で、この署名が、二通どちらもピタリと同じものに見えるから、こうして困っているのである。

「念のため、こたびの修築に関わるものだけではなく、もそっと前の上申書につきましても、署名のほどを比べてみたのでございますが……」

以前、材木石奉行方より老中方に提出されたさまざまな書状を、奥右筆方から数多く借り出してきて、一つ一つ署名の筆跡を見比べてみたのだが、存外、三人の奉行たちはそれぞれ筆跡に癖があり、同じ人物が書いているようにしか見えなかったという。

「さようか……」

報告を聞き終えた十左衛門が、さすがにがっかりして大きく息を吐くと、斗三郎も横でつられてため息をついた。

「ですが、あの奉行ら三人が事を謀《はか》って五百両を隠しているとは、やはりどうにも思われませんので」

「うむ……。なれば、誰ぞ、そうした贋書きを生業《なりわい》にする輩《やから》にでも頼んで、奉行らの署名を真似させたということか……」

「はい」

町場には、さまざま悪行をも生業にする者がいて、そうした贋書きの職人を利用して、贋の証文を作り、詐欺で金儲けをする輩も多いと聞く。

そういった職人を使い、三ヶ月前の上申書も作られたのかもしれなかった。

「場合によっては、町方のほうにも手を借りて、やはり町場のそうした者を片っ端から調べねばならぬであろうな」

目付方は職掌上、あまり町場には手を出さぬようにしているから、そうして悪事をしている者を町中に探すのは、困難であろうと思われた。

「これは存外、長い戦いになるやもしれぬな……」

十左衛門の口から、ついぽろりと本音がこぼれた時である。

「ご筆頭」

と、西根が考えるような顔つきで話し出した。

「敵はなぜ平気で老中方に、贋の上申書などまわしてきたのでございましょうか？」

「ん？」

まだ話の趣旨が判らず、答えようのない十左衛門に向かって、西根が繰り返した。

「普通なら、『老中方』なんぞという空恐ろしい役方《ところ》には、近寄らぬようにするのが当たり前にございましょう。それを平気で敵にまわして、贋の書状を上申してきたのですから、何とも肝《きも》の太い話で……」

おまけに敵は、用意周到、「御舟蔵の修築ならば、五百両はかかるだろう」と金額を見積もった上で、材木石奉行方から正式な買い付けの願書が出るより先に、贋の願書を老中方に上申し、まんまと五百両をせしめた訳である。

「金子《きんす》の額の見積もりにつきましては、橘の申すよう、『鷲津』と申す『作事方被官』が関わっていることでございましょう」

そうして五百両の払い出しについては、おそらくは『金奉行』配下の『払方』の誰かが関わって、五百両の横領の証《あかし》が残らぬよう、帳簿を小細工にしたに違いない。

「作事方に一人、金の払方にもおそらく一人、と、次第、役者も揃ってはまいりましたが、まだ肝心の贋の書状作りのほうが、どうにも進んでおりませぬ。上申書の起草に長《た》けていて、なおかつ御用部屋のご老中方々が、こうした願書を容易に認可なさるであろうことを知っている役方《もの》と申せば……」

「相判った」

西根の報告にうなずいて、十左衛門は先を続けた。

「なれば、『奥右筆』方の誰ぞに疑わしき者はおらぬか、探らねばならぬな」

「ですが……」

と、横手から小さく言ってきたのは、斗三郎である。

「奥右筆を調べるとなりますと、ちと面倒には……」

なにせ奥右筆方は、御用部屋の長老たちにとっては、秘書のようなものである。

文書の起草から始まって、各方面への繋ぎや調べもの等、老中や若年寄たちの耳目《じもく》や手足になって仕えているため、奥右筆方の面々は御用部屋の上つ方から、心底、信頼を受けているのだ。

残念そうに言ってきた斗三郎に、だが十左衛門は首を横に振って見せた。

「奥右筆が御用部屋《へや》で可愛がられているとて、上つ方に遠慮することはない。奥右筆は幕臣ぞ。幕臣に目を付けるのは『目付』の務めだ。そうであろう？　西根どの」

「ははっ！」

筆頭にはっきりとそう背中を押してもらえて、西根は本当に嬉しかったのであろう。

十左衛門の前に、畳に額までつけて平伏している。

気づけば後ろに控えていた斗三郎や高木も、西根と同様、畳に両手をついていて、十左衛門は、この頼もしき仲間らを眩しく眺めるのだった。

## 七

翌日から大々的に、奥右筆方への「目付」仕事が始まった。

奥右筆方は、役高・四百俵の『奥右筆組頭』二名を長官にして、その下に役高・二百俵の平の『奥右筆』が、今は二十名ほど在籍している。

この合計、二十二名の言動に目を付けるべく、十左衛門は西根に、斗三郎や高木とは別に、総勢三十人もの配下を使わせた。

奥右筆方の執務室は御用部屋のすぐ近くにあり、そのあたりには目付筆頭の十左衛門でも、容易には近づけない。したがって奥右筆たちを尾行して、その暮らしぶりを探るには、彼らが非番となって城の外に出てくるのを待つしかなかった。

そうして西根や斗三郎の采配のもと、半月ほどぴたりと奥右筆らの言動を探るうちに、ようやく二十二人のなかから一人だけ、「これは……」という人物が出た。

平の奥右筆としては中堅どころといえる三十四歳の男で、名を『前島弥三郎《まえじまやさぶろう》』という。

前島が「あやしい」と疑われるきっかけとなったのは、やけに暮らしが何もかも、贅沢《ぜいたく》になっていたからである。

高級な菓子屋に寄って高価な羊羹《ようかん》を買ったり、日本橋《にほんばし》にある一級の呉服屋に入って十両もする女物の着物を仕立てたり、その呉服屋の隣に見えた小間物屋の暖簾《のれん》もひょいと潜って、高価な簪《かんざし》を買ったりしていたのであった。

そうしてそれを前島は、自分の妻にではなく、上野山下の岡場所にいる女郎のもとにすべて運んでいたのである。

その上野山下の『井筒屋《いづつや》』という女郎屋は、奇《く》しくも作事方の鷲津が通っている店でもあった。ともに女に金の要る身、鷲津と前島は、気持ちに相通ずるものがあったのかもしれない。

斗三郎が遊び人の旗本を気取って、その『井筒屋』に通っていると、とうとうある晩、鷲津と前島とが親しく話すのを目撃したのである。

二人はそれぞれ自分の相方の女郎が空くのを待ちながら、店の一階の小上がりで、慣れた様子で酒を酌み交わしていたのだが、鷲津がひょいと何も言わずに、前島に書状のようなものを差し出した。

女郎屋の一階は、雑多に人が出入りをして、まるで町中の雑踏のようである。

ずるずると着物の裾《すそ》を引きずりながら、女郎が白粉の匂いをふりまいて歩いたり、禿《かむろ》のまだ七、八歳かと見えるのが三人ばかり、バタバタと奥へ行ったり、戻ってきたり、階段を駆け上がって行ったりで、それに鷲津や前島や斗三郎のほかにも、女を待ってイライラしている客なども多くいて、その時も大店《おおだな》の隠居という風なのが、「遅い！」と怒鳴り出した時だった。

一階の皆が、隠居の大声に気を取られている隙に、鷲津が前島に書状を渡したのである。

一か八《ばち》か、その書状が完全なる証拠《あかし》となるかどうかは判らなかったが、斗三郎は賭けに出て、裏手で待つ配下も呼び、二人をその書状ごと捕まえたのである。

この大博打《おおばくち》の捕り物は、実は西根に命じられていたものでもあった。

「おまえの義兄《あに》に責を負わせるものではない。証《あかし》が立たねば、俺がすべての責を負うゆえ、何でもかんでも捕まえてまいれ」

ご筆頭には言うなよ、と言いながら、西根はにやりと笑って見せたものである。

そうして賭けは大きく当たり、やはり鷲津が前島に頼んだのは、次の金儲けで使う、贋の書状の署名書きだったのだった。

前島は奥右筆のなかでも一段と美筆なだけでなく、妙に器用で、他人の筆跡の真似をするのも上手《うま》かった。

奥右筆の仕事は、日々何かと書くことばかりが続く訳だが、そうして仕事をするなかには、今回の材木石奉行らのもののような署名を、誤って駄目にしてしまうこともあり、そうした際に前島は、署名の筆跡や花押《かおう》までをも上手に真似て、新しく書状を作成し、失敗を無かったものにすることができたのである。

その前島の特技は、奥右筆の同僚たちからも有難がられて、前島は小遣い稼ぎに、同僚の失敗の揉み消しもよく引き受けていたという。

「ほう……。仕事柄、書き損じも少なくはなかろうから、前島が重宝《ちょうほう》されるのは判らないでもないが、やはり同僚から金を取るようになったあたりで、前島の行き着く先が決まったのであろうな」

義弟相手にそう言ったのは、十左衛門である。今、義兄弟は、余人を入れず、十左衛門の屋敷の奥で飲んでいた。

「まことに……。転落とは、ああしたものなのでございましょうな」

またしみじみとそう言って、ちびちびと飲んでいる義弟に、ふと思い出して十左衛門は訊ねた。

「そういえば西根どのはどうされておられる？　今日はとうとう城に戻っては来なんだが……」

「西根さまなれば、今日は前島の屋敷ではございませんかと」

「前島の？　なれど、もう、前島は捕まっておろうに……」

「いえいえ……」

と、斗三郎は、ちょっとにやりと、悪戯《いたずら》な顔をした。

「前島の妻女や子らの様子を見に、お出かけになったのでございますよ。前島は金を岡場所の馴染みに注ぎ込んで、妻子がほうは省《かえり》みなかったようでございまして……」

前島の妻子はほったらかしにされ続けて、今や、生活にも困るほどになっていたらしい。

その上に、今度は夫が捕らえられて、当然、前島家は御家断絶になろうから、いよいよもって路頭に迷うこととなる前島の妻子を案じて、西根が妻子の落ち着き先を、あれこれ探してやっているというのである。

「昨日ちと、私もともに前島の屋敷に参りまして、傍《そば》で話を聞いていたのでございますが、いやなかなか、私ども男に物をおっしゃるのとは大違いで、女子供を相手の時は、西根さまはお優しいので驚きました」

「ほーう……」

十左衛門も、思わず西根のように、にやりとした。

やはりあの西根《おとこ》は、面白い。

一方、その同じ頃、西ノ丸下にある松平周防守康福の上屋敷では、主人の周防守が忠臣の家老を相手に、夜伽話《よとぎ》の最中であった。

「いやしかし、まこと、こたびは危ういところであった」

「さようでございますな……」

江戸家老も真剣な面持ちで、やけに大きくうなずいている。

二人が「危うかった」と話しているのは、自分や藩のことである。

あの二度目に材木石奉行方からの上申書がまわってきた時、周防守は月番で「この五百両分の買い付けの上申を、要合議にまわすべきか、それとも月番の自分だけで簡潔に処理してしまうべきか」と、さんざんに迷ったのである。

そうして迷った挙句、「事無かれ」が信条の周防守は、「やはり他の方々にも、裁決をお願いしよう」と、合議にまわしたのである。

あの時、合議にまわしたからこそ、阿部伊予守が「先にも同じ上申書を見たような気がする……」と気づいてくれて、その後の目付方の活躍もあり、前回、詐欺まがいに横領されてしまった五百両を、無事、取り返すことができたのである。

作事方被官の『鷲津』、奥右筆の『前島』、それに金奉行方の同心で『穂坂《ほさか》』という男の三人で計画し、横領した五百両も、ほぼ等分に分配されていたという。

その金の流れ具合を聞いた時、「では、すでに五百両は使われて、回収できないのではなかろうか？」と、周防守はびくびくしていたのだが、捕らえられた三人が「御家断絶の上、切腹」となり、当然、家財も幕府に没収されることになって、その代金で、無事、五百両作ることができたのだった。

「いやしかし、合議にまわして、まことによかった……」

もしも月番の自分が一人で決裁していたら、絶対に気づかなかったに違いないのだ。

「ちと酒をくれ。こうして話して思い出したら、恐ろしゅうて、寝付けなくなったぞ」

「さようでございますね。すぐにお運びをいたします」

自分も顔色を青くして、そう言って、家老はポンポンと次の間に向けて、手を叩いて小姓を呼んだ。

「御酒をお運びいたせ」

「ははっ」

小姓が美しい足運びで、急ぎ酒の支度をしに奥へと去っていった。

「いや殿、しかしながら、ご賢明なご選択でございました」

「うむ……」

うなずいて、もうすっかり寝そびれてしまった周防守は、ひたすら酒の到着を待っていた。
気がつけば、今夜はやけに蒸している。
ことごとく寝苦しくなりそうな予感に、周防守はため息をつくのだった。

# 第五話　矜《きよう》　持《じ》

## 一

世に言う、「鬼の霍乱《かくらん》」というものなのであろう。いつもは短気で威勢のよい次席老中、あの松平右京大夫輝高《うきようだいぶてるたか》が、病に倒れているようだった。

右京大夫は、もうかれこれ二十日《はつか》ほども登城せずに休んでいる。老中や若年寄は十左衛門ら目付たちと同じで、基本、丸一日の非番というものはなく、毎日欠かさず登城してくるのが決まりだから、こんなに長く休み続けていては、さまざま不都合が出てくるのは必定であった。

ことに不都合なのは、『老中奉書《ほうしよ》』を出さねばならない時である。

老中奉書というのは、上様が下された意向や命令を、上様に代わって老中たちが、伝えるべき対象者に向かって発行する、幕府内では一級の公式文書である。

たとえばある大名が「他家との縁組について認めてもらいたい」と、幕府に願書を出してきた場合、それに対する上様からの返書は、上様に代わって老中方が『老中奉書』という形で出すのだ。

この老中奉書は幕府が大名家に対して出す重要な文書なので、上様の上意《じょうい》を証明するものとして、老中方にいる全員が連名で発行することになっている。

今、老中は四名いるから、その四名が格下の者から順番に、阿部伊予守《いよのかみ》正右《まさすけ》、松平周防守《すおうのかみ》康福《やすよし》、松平右京大夫輝高、松平右近将監《うこんのじょうげん》武元《たけちか》と、末席から首座まで一人ずつ署名をし、花押《かおう》を記した。

つまり次席老中である右京大夫がいなくては、老中奉書は、基本、出せないということなのだ。

首座である右近将監をはじめとした老中方の三人は、この老中奉書を出さねばならない場面《とき》がくるのをずっと恐れていたのだが、右京大夫が休み始めて二十二日目、とうとうそうした案件が老中方にまわってきたのである。

「さて、おのおの方、他でもない右京どのがご連署の件でござるが……」

同朋や坊主たちを人払いした御用部屋のなか、まず口を開いたのは首座の右近将監で、この緊急の合議には、自分ら老中三人だけではなく、小出信濃守《しなののかみ》を筆頭にした若年寄の面々にも同席してもらっている。

若年寄方の主なる役目は、幕臣に関わるすべてのことについて支配し、管理することである。

だがもとより若年寄という役職は、まだ幕府の創成期の頃に、老中たちが判断して処理しなければならない案件《こと》があまりにも多くなってきてしまい、「なれば小事については、別の者らに担当させて処理させよう」ということになって、『長老』を示す『老』よりは少し格下の『若年寄』として、新たに設けられた経緯があった。

それゆえ老中たちは自分たちの仕事が立て込んでくると、自分の気に入りの信頼できる若年寄を頼みにして、政務の処理を手伝ってもらうことがある。

元来、老中方の執務室である『上御用部屋《かみごようべや》』と、若年寄方の執務室である『次御用部屋《つぎごようべや》』とは、襖で仕切られただけの続きの間であるから、こうして何か重大事が持ち上がって若年寄たちの意見も聞きたい場合には、襖を開けて『上』と『次』とを繋げて広くして、合議をするのが常だった。

今、本丸の若年寄方には、六十二歳の小出信濃守英持《ふさよし》を筆頭に、四十八歳の松平摂《せっ》津守《つのかみ》忠恒《ただつね》、五十四歳の酒井《さかい》石見守《いわみのかみ》忠休《ただよし》、三十八歳の水野《みずの》壱岐守《いきのかみ》忠見《ただちか》の四名がいる。

一方の老中方の年齢は、首座の右近将監が五十四歳、三番手の周防守が四十九歳、末席の伊予守が四十三歳で、ただいま病欠中の次席老中・右京大夫も、伊予守と同じ四十三歳であった。

それぞれに忙しいその総勢七名が、ようやく御用部屋に顔を揃えたのがついさっきのことで、老中首座の右近将監は改めて一同を見渡した。

「こたび、老中方《こちら》で奉書をしたためねばならぬのは、阿波徳島藩《あわとくしまはん》・蜂須賀《はちすか》家よりご献上の返礼の儀でござる」

「ははっ」

首座の言葉に、一同はそれぞれにうなずいた。

大名家より幕府に何ぞ献上があった際には、老中が上様より命じられた形を取って、上様の代わりに礼状を下すのが決まりになっている。

諸藩が上様に向けて行う献上には、むろんさまざま目的も理由もあり、特別にどこかの一藩だけが自藩の名産品などを献上する場合もあるにはあったが、たいていは昔より慣例の献上が多かった。

大名たちが「時献上《ときけんじょう》」などと呼ぶ季節の挨拶としての献上のほか、徳川家の冠婚葬祭に関わるものや、参勤交代で無事に自藩に到着したことを報告して進物をするものなど、さまざまな恒例の献上がある。

今回の徳島藩・蜂須賀家からの献上は、このうちの参勤交代帰国の挨拶であった。

蜂須賀家は外様ながらも、石高・二十五万七千石を誇る雄藩《ゆうはん》の一つである。それゆえ献上品をいただいたことへの礼状は、できれば老中四人の名を連ねた完全なる老中奉書の形で返したいという思いが、首座の右近将監をはじめとした老中方の心中にはあるのだ。

それというのも、こうして幕府の最高官として老中職や若年寄職に就いている自分たちが、石高の上では、たとえばこの徳島藩のような外様雄藩とは比較にならないほどに小身《しょうしん》の大名であるからだった。

そもそも老中職に就く譜代大名は「三万石以上で、十万石程度までの家柄の者」と決められており、実際にはたいてい五万石前後から十万石くらいまでの譜代大名のなかから、人物も良く、能力もある者を上様がお選びになっている。

その下の若年寄職にいたっては、さらに家格は落ちて、多くが一、二万石と、ごく小身の譜代大名のなかから選ばれた。

幕府は将軍家の世継ぎ問題や権力争いで、身内どうしの間に戦《いくさ》が起こるのを回避するためもあり、老中や若年寄といった政治の権力を持つ高官に、御三家や御三卿といった血の濃い身内は選ばない。

とはいえ、いつ敵になるかもしれない外様の大大名に政治を任せる訳にはいかないため、政治権力と財力とを二つともに持たせることを回避して、大名としては大身《たいしん》とはいえない十万石以下の譜代大名に「幕閣の最高官」として政治を任せたのである。

「政治を任せる」ということの具体的な形として、くだんの老中奉書があった。

将軍から政務を任されている老中方は、よほどの事態でもないかぎり、わざわざ上様の御手を煩わせることのないよう、自分たちでさまざまな案件《こと》の処理のしようを決裁し、「上様のご意見も、これと同じであられる」として、奉書の形で文書を下しているのだ。

こうした絶対的な権力のためもあり、老中職に就いている間は、たとえ自分が五万石程度の中小大名であったとしても、自分の藩の何倍もの他藩の大大名を相手に、「そのほう……」と、将軍が大名に対するのと同じように上からの目線で呼びかけるのが普通であった。

名を呼ぶ際も呼び捨てで、たとえば相手が今回の「蜂須賀○○守○○」ならば、「○○守どの」とか「○○守」だのとは呼ばず、「○○」と呼び捨てにし、呼ばれたほうは「はい」と頭を下げなければいけないのである。

それほどに幕府の最高官には権力があり、また一方、老中や若年寄たち自身も、家格や武力では大身の大名たちに太刀打ちできない自分たちの権威を失墜させぬよう、私利私欲に走って世間から非難されるような行動は慎んでいたのである。

その意味もあって、老中や若年寄といった高官は、十左衛門ら目付たちと同様、ごく身内の武家以外とは付き合いを絶っている。

昔には、つい自分たちの持つ権力に自分で溺れて、他家や商人から賄賂《まいない》を受け取ったり、自分の気に入りの者を不当に出世させたりした老中もいたというが、その多くは、やはり周囲の反感や妬《ねた》みを買って、長くは老中でいることができずに自滅の道を辿っている。

そうした落とし穴を自ら掘ったりなどせぬように、今の「御用部屋」の面々は、老中首座である右近将監を手本にして、ある意味、温和《おとな》しく、そして真面目に賢明に、老中職や若年寄職を務めていた。

そもそも首座の松平右近将監武元は、先々代の八代将軍・吉宗《よしむね》公に「あの者は大器であろう」と見出されて、当時、寺社奉行職に就いていたなかから、老中として引き上げられた人物である。

今から二十一年前、まだ右近将監が三十三歳であった頃の話で、当時、将軍職を引退した『大御所《おおごしょ》』として西ノ丸の御殿にいらした吉宗公は、まずは右近将監を「西ノ丸付きの老中」として自分の手元に置き、幕府政務の何たるかを自ら教え込んだ上で、その翌年には「九代将軍・家重《いえしげ》付きの本丸の老中」として、右近将監を自分のもとから巣立たせたのである。

その今は亡き吉宗公への恩義と、「自分は大御所さまに見出された者なのだ」という強い自負が、この二十余年という長い年月、一日とて休日のない忙しい老中職の日々の支えとなっている。

そんな右近将監が御用部屋の首座であるから、自然、下の老中や若年寄たちも、右近将監を手本にして、日々、堅実に、懸命に、幕府最高官として勤めていた。

「やはり『奉書』というからには、老中方・四名の連署でなければ、よろしからざるものかと……」

めずらしく皆の沈黙を破ってそう言ったのは、三番手の松平周防守康福である。

いつもは右京大夫の勢いに飲まれて、老中方の合議では、あまり口は利かないのだが、上席の右京大夫がいないことで、少しく伸び伸びとしているようだった。

「ですが、右京さまのご快癒をお待ち申し上げておりましては、返礼が遅れてしまいましょう」

横手から言ってきたのは、末席の老中・阿部伊予守正右である。

この伊予守も、日頃は末席という立場を気にしてか、自分からはほとんど意見などせぬのだが、今日は右京大夫もおらず、また合議の席に下役の若年寄らもいることで、一老中として勢いを得ているのかもしれなかった。

「ご病状が今どれほどで、すでにご快癒の兆しが見えておられるものなのか否か、そうしたところも、いまだはっきりとはいたしませぬ。やはりこたびに限っては、右京さまのご連署は無きままに奉書を仕立てて、早めに返礼を送りますのが順当でございますかと……」

そう言って伊予守は、「いかがでございましょう？」という顔をして、首座の審判を待っているようである。

「うむ……」

小さくうなずいて、右近将監も伊予守に賛成した。

「致し方なかろう。まこと遺憾ではあるが、こたびばかりは我ら三人のみで連署をいたし、返礼を……」

と、右近将監が決めかけていた時だった。

「ご無礼をいたします。牧原佐久三郎《まきはらさくさぶろう》にござりまする」

大胆にも人払いされた御用部屋に近づいて、襖の外から声をかけてきたのは、定員二名の奥右筆組頭の一人、牧原佐久三郎であった。

「おう、牧原か?」

「はい。お話のところ、まことに申し訳ござりませぬ」

だが右近将監も、他の面々も、牧原が禁を破って部屋に近づいてきたことを怒らない。

奥右筆方の、それも組頭の一人といえば、老中方や若年寄方にとっては本当に「懐刀《ふところがたな》」と言えるような存在で、牧原ら奥右筆組頭の二人に対し、今さら秘密にする件などはないのである。

もとより御用部屋に上がってくる上申書のすべては、先に牧原ら組頭の二人が目を通して、必要があれば、老中ら忙しいお歴々が読みやすくなるよう、平の奥右筆たちに命じて内容の要点をまとめさせるし、上申の決裁をするのに何ぞ見比べられる先例があったほうがよさそうだと思えば、これまた配下の奥右筆たちに命じて、ちょうどよい先例を探させたりもする。

おまけに牧原佐久三郎という男は、万事、機転が利《き》いていて、場に応じての自分の身の置き所を心得ている者なので、こんな風に合議の場に出しゃばってくることなど、普通なら皆無なのである。

その牧原が声をかけてきたということは、何か危急に報せねばならないことがあるに違いなかった。

「して、牧原、いかがした？　よいから、入れ」

「ははっ」

返事とともに襖を開けて入ってきた牧原が、捧げるようにして右近将監に差し出してきたのは、文らしき書状であった。

「まことにもって差し出がましきこととは存じましたが、私の一存にて勝手ながら、右京大夫さまが御屋敷のほうに参りまして、ただ今、御文をいただいてまいりました」

「なにっ？」

右近将監をはじめ、御用部屋の全員が目を見開いた。右京大夫の様子を知りたかった一同が今まさしく、一番欲しいものであった。

「でかした」

短く褒めて、牧原から受け取ると、右近将監は、急ぎ文を開いて読み始めるのだった。

二

その日の晩のことである。

十左衛門は、若年寄の小出信濃守に呼び出されて、西ノ丸下にある小出家の上屋敷を訪れていた。

「なれば、ご奉書のほうは何とかご無事に……？」

「うむ」

今、十左衛門は信濃守から、右京大夫の欠勤にまつわる一連の次第を聞き終えたところである。

むろんすでに城内では次席老中の欠勤は誰もが知るところとなっていて、「もはや、ご老中職にお戻りになるのはご無理なようだ」だのと、いいように勝手な尾鰭《おひれ》をつけられていたのであった。

「右京大夫さまがご記名の場所《ところ》をあけて、他の御三方がご連署をなされてな。それを急ぎ牧原が右京大夫さまのお屋敷に届けて、ご署名をいただいてきたらしい」

「さようでございましたか」

とにもかくにも大事にならずによかったとは思ったが、老中がこうして休んでいる限り、不都合が次から次と重なってくるのは必定である。問題は、右京大夫が今どれほどの病状なのか、その一点であった。

「して、信濃守さま、牧原どのの見立てはどのように？」

屋敷に行って署名をもらってきたというのだから、右京大夫が起き上がれぬほどの病人なのか、それとも程なく快癒して登城も叶いそうなものなのか、そうしたところを見て取れたはずである。

「いやそれが、直《じか》に会《お》うてはおらぬようでな」

「え？　では……」

「うむ」

小出信濃守はおもむろに語り始めた。

右京大夫の上屋敷は、俗に「辰ノ口《たつのくち》」と呼ばれる江戸城のお堀の内側にあり、本丸御殿から向かっても、幾らもかかるものではない。老中や若年寄といった高官は、有事の際、すぐに城へ駆けつけなければならないため、「辰ノ口」だの「西ノ丸下」だのと、城から目と鼻の先のところに上屋敷が与えられているのだ。

それゆえ奥右筆組頭の牧原も、「徳島藩へ出す老中奉書の一件で、今日これより合議が行われるらしい」と知るやいなや、急いで右京大夫の屋敷に走り、奉書に記名できるものか否か、右京大夫の病状を直に確かめてこようと思ったそうである。

本丸御殿の御用部屋から、辰ノ口にある右京大夫の上屋敷までは、男が単身、供もつけずに早足で向かえば、小半刻（三十分位）とかからない。

まだ合議が始まる前に本丸御殿を出発した牧原は、ほどなく右京大夫の屋敷の門前に到着したが、応対はすべて江戸家老が客間にて行って、病を理由に右京大夫本人には会わせてもらえなかったという。

「この牧原が報告に、御用部屋《おへや》のなかは侃々諤々《かんかんがくがく》といった有り様でな」

会えないと断られた牧原が「それほどにお悪いのでございますか……」と、先々のことも思って案じていると、家老はいささか慌てたように「快方に向かっているので、ご案じなく」とそう言って、『是非にも連署したい』と、主人・右京大夫が申しておりますので、ご足労ではございましょうが、こちらにお持ちいただければ……」と、深々と頭を下げてきたという。

右近将監がいざ文を開いて読んでみると、内容は牧原が聞いてきたことと寸分違わず同じであったが、問題は内容よりも、文の筆跡であった。

その文は最後の署名だけではなく、本文の部分までもが右京大夫の手によるものだったのである。

「それがまた、何とも右京さまらしい、豪気なお筆跡《て》でな。字を見るかぎり、とてものこと、人に会えぬほどの大病をしているとは思えぬのだ」

床から起きて、かような文が書けるほど良くなっているのであれば、是非にも牧原に会うべきであろう。こうしてあれやこれやと不都合も起きていて、迷惑をかけているのは判っているのであろうに、どうして一目、顔を見せて、こちらを安心させようと思わぬのかと、老中方の首座として、右近将監が怒っているということだった。

「あの右近将監さまが、お怒りなのでございますか……」

いささか驚いて十左衛門が訊き返すと、信濃守も眉を上げてうなずいてきた。

「いや、わしも驚いた」

松平右近将監武元は、二十年という長きに亘《わた》り老中職を続けているためもあり、少々のことでは慌てたり怒ったりはせず、常にどっしり大らかに構えている印象がある。

右近将監が怒っている姿など、上手《うま》く想像することができないほどだった。

「だがな」

と、信濃守は先を続けた。

「右近さまがお怒りになられているのも、少しく判るような気がするのだ。おそらくは、つい我が身に置き換えて、本気で案じておられたのであろうさ」

「……はい。さようでございますね」

十左衛門も判る気がした。要するに、我が身の歳のことである。

ことに右近将監武元などは、一日も休まず二十年も老中職を続けて五十四歳になり、やはりたまには心底から疲れて、朝、床からなかなか起き出してこられぬことなどもあるに違いないのだ。

これは十左衛門も同じであった。この二十二年、やはり一日とて休まずに目付の職を続けていて、忙しいことには十分慣れているつもりでいても、夜になり、床に就くと、そのまま身体がどこまでも深く沈んでいくような錯覚を覚えることがある。

右近将監もそんな我が身の覚えがあるからこそ、もう一月《ひとつき》近くも登城してこない右京大夫を案じていて、そして今回はからずも牧原の報告を聞き、本気で案じていたその分だけ、よけいに腹が立ったのかもしれなかった。

そんなことを考えて十左衛門が黙り込んでいると、

「十左衛門」

と、前で信濃守が、沈黙を破って声をかけてきた。

「今宵そなたを呼んだは他でもない。右京大夫さまの、今の掛け値なしのご様子を確かめてきて欲しいのだ」

「え……？　いや、ですが……」

さすがにすぐに返事をしかねて、十左衛門は口ごもった。

そもそも目付の職掌は、幕臣である旗本や御家人の指導や監査、監督である。右京大夫は石高・七万二千石の高崎藩の藩主であるだけではなく、老中職まで務めている大名であるのだから、自分のような目付が右京大夫を調査して身辺をうろつくなど、とてものこと考えられなかった。

信濃守自身、そうして十左衛門に難色を示されることは、百も承知であったのだろう。苦笑めいた顔をして、十左衛門をなだめて先の言葉を継ぎ足した。

「いやむろん、判ってはおるのさ。そなたとて『目付』としては動けまいて……。ゆえに、こたびばかりは内々に儂が頼みとして引き受けて欲しいのだ」

「ですが、信濃守さま……」

「もう、言うな。頼む、頼む」

拝むようにして両手のひらを合わせて見せると、だが信濃守は、そんな冗談めかした口調や仕草とは裏腹に、

「儂とて、右近将監さまと同じなのだ」

と、十左衛門に、本気の目の色を見せてきた。

「良くも悪くもにぎやかな右京大夫さまがおいでにならず、何ぞ今、御用部屋《おへや》のなかは火が消えたような按配《あんばい》でな。坊主を叱って怒鳴る声も聞こえぬ代わり、周囲《こちら》まで巻き込んで大笑いをされるあの上機嫌も見えぬのだ。あの気丈なお方のことだ。文など無理して背中を支えてもらってでも、ご自分でお書きになるに違いない……」

そう言うと信濃守は、いよいよ十左衛門《こちら》に真っ直ぐに目を上げてきた。

「手練《てだれ》の目付であるそなたなら、老中の屋敷の内部《なか》とて何とか探る手立ても見出せよう。十左衛門、頼む」

「信濃守さま……」

見れば、信濃守の鬢《びん》には、もうすでに黒い部分《ところ》は少なくて、白髪ばかりになっている。熟練の高官ばかりが集まっている御用部屋のなかにあっても、六十を過ぎて日々休みなく勤めているのは、若年寄筆頭の信濃守だけであった。

「……謹《つつし》んで、お引き受けいたしまする」

手をついて信濃守に頭を下げると、十左衛門は、つと目を上げて、悪戯《いたずら》っぽくこう言い足した。

「ちょうどいい按配に身内が一人おりますゆえ、こたびは義弟《あれ》に手伝いをさせましょう」

「橘か？　うむ。それは心強い」

「はい」

こうして十左衛門は義弟の斗三郎と二人、目付方のほかの者たちには内密に、次席の老中の調査《しらべ》を始めたのだった。

三

高崎藩の藩邸、すなわち右京大夫の屋敷は、上屋敷、中屋敷、下屋敷と、江戸市中に三つあった。

そのうちの江戸城にごく近い「辰ノ口」の南角にあるのが、日頃、藩主の右京大夫が住み暮らしている上屋敷である。

もし本当に右京大夫が大病しているのなら、この上屋敷に医者が通ってきているはずで、まずはそのあたりから確かめようと、十左衛門は斗三郎と相談し、屋敷の門の人の出入りを見張ってみることにした。

斗三郎の調べによれば、九千二百坪余りもあるというこの高崎藩の上屋敷には、正門のほかにも横手と裏手に、小ぶりの門が一つずつあるという。

大名家の上屋敷の正門は、俗に「御成門《おなりもん》」とも呼ばれるほどで、万が一にも上様が屋敷にお立ち寄りになられた際にもこの門を使うため、家臣はもとより藩主を診るような偉い医者にも正門の使用は許さないはずである。

そうなればあとは小ぶりの門が二つだけで、その二つを十左衛門と斗三郎とで手分けして見張ればいいようなものだが、二人には本業の目付方の仕事があるから、かかりきりになる訳にはいかない。

さりとて今回、目付方の配下を使う訳にはいかないから、仕方なく十左衛門は、妹尾家の自分の家臣を使ってみることにした。

そうはいっても「対象」は、現役老中の上屋敷である。

目付方のような見張りに慣れた者たちならともかく、妹尾家の家臣のような初心者は、「とにかく何でも見逃すまい！」と気負うから、その気負いが身体の外にまで匂い出て、ともすれば殺気立って見えてしまうかもしれなかった。

それゆえ十左衛門は考えて、二十六人いる妹尾家の家臣のなかでも、用人や若党ら侍身分の者ではなく、町人である中間《ちゆうげん》や下男《げなん》ばかりを六人ほど選んで、見張りに当たらせることにした。

見張りといっても、一所《ひとところ》にずっと佇ませていたのでは、高崎藩の藩士たちに見咎められてしまうに違いない。

だが幸いにも、日中、江戸城のまわりには、城や大名屋敷の観光に来る者らも少なくはなく、大名家の御用達として出入りする商人も多く歩いているから、そうした者に扮装させて、交替で近くをうろつかせながら、見張りを続けさせたのである。

だが三日経っても、五日経っても、高崎藩の上屋敷に医者らしき者の出入りはいっさい見られなかった。

頭格《かしらかく》の中間から報告を受けた六日目、十左衛門と斗三郎は妹尾家の家臣たちとともに、この後の調査の進め方について話し合いを持っていた。

「もうすでにご静養のため、中屋敷か下屋敷にでもお移りになられているのでございましょうか？」

そう言ってきた斗三郎に、十左衛門もうなずいて見せた。

「なればちと、ほかの屋敷の出入りも見るか？」

「はい。たいした数ではございませんが、我が橘家からも、加勢をさせていただきますゆえ」

「頼む」

高崎藩の中屋敷は、築地《つきじ》の西本願寺《にしほんがんじ》にも程近い元御弓町《もとおゆみまち》にある。大川にせり出すように造られている町で、川堀が縦横にめぐらされており、水運で物資を運び込むのに適している。

その水運を利用するため、大名家の中屋敷や下屋敷も数多く集まっていて、そのなかの一つが高崎藩の中屋敷であった。

そうした町であるから、自然、街中には物を運ぶ人馬や大八車が往来していて、身を隠す手段もあり、屋敷の門前を見張るのも容易《たやす》い。

だがここにも医者らしき人物の出入りは見られず、「本当に、病に伏せていらっしゃるのであろうか？」と、十左衛門ら一同が疑い始めた頃だった。

家臣たちに見張りを始めさせて十日目、いつものように目付方の仕事を終え、駿河台の屋敷に帰ってきた十左衛門に、留守番役の若党・飯田《いいだ》路之介が、とんでもない報告をしてきたのである。

「なにっ？　高崎藩より使者が参ったと？」

「はい。つい先ほど、もう外が暗くなってからのことでございますが……」

そう言って路之介が差し出してきたのは、文《ふみ》である。

宛名もなければ差出人の記名もない、ただ紙を折り畳んで糊で封をしただけのごく薄いものであったが、急ぎそのまま玄関先で読み始めて、十左衛門は愕然とした。

「……幾四郎《いくしろう》が捕まった」

「えっ？」

幾四郎というのは妹尾家の若党の一人、『漆田幾四郎《うるしだ》』という者で、文にはこう書かれていたのである。

『漆田と申す小僧を預かっておる。返して欲しくば、今宵、人目につかぬよう、引き取りにまいれ』

たった今、城から帰ってきたばかりの道を引き返して、十左衛門は急ぎ、右京大夫の上屋敷へと向かうのだった。

四

右京大夫に「小僧」と書かれた漆田幾四郎は、たしかにそう呼ばれても仕方のない、まだ十七歳の若党だった。

今、妹尾家に八人いる武士身分の家臣のなかでは、下から二番目というところで、この幾四郎の下がまだ十二歳の、くだんの飯田路之介である。

それでも昨年「路之介」という後輩を得たことで、幾四郎は急に少年から脱して、一人前の若党らしくなり、今回などは初めての目付の家臣らしい仕事を命じられて、しごく張り切っていたのだが、その張り切りがどうやら裏目に出たようだった。

三つある上屋敷の門のなかでも一番小ぶりの門を担当していた幾四郎は、ともにその門の見張りについていた先輩格の若党が他に呼ばれて場を離れ、自分だけになってしまったことに緊張したらしい。「もし医者が出てきたら、自分が一人で後を尾行《つ》けなければならない」と、ついギラギラとした目つきをそのままに、むき出しにしていたのだ。

一方で、この上屋敷に勤める者たちは、七万二千石の高崎藩の家臣のなかでも藩主に近く勤める選りすぐりの家臣たちである。

自分たちが出入りするたび、ギラギラとこちらを見つめている妙な若造の存在に、気づかぬはずはなかった。

今、十左衛門は、そのあたりの一連の話をこの家の家老から聞かされて、漆田幾四郎を返してもらい、客間の一つに案内されたところである。

　十左衛門が平伏しているその前には、右京大夫が家老ら家臣たちを従えて、デンと座わっている。久しぶりにお目にかかった次席老中は、血色も良く、痩せてもおらず、いつもの通り元気そうだったが、ご機嫌のほうは極めて悪そうであった。

「おい」

　誰にともなく右京大夫はそう言ってきたが、おそらくは自分が呼ばれているのだろうと、十左衛門は顔を上げて返事をした。

「はっ」

　その阿吽《あうん》の呼吸ぶりに、「ふん」と右京大夫は一つ鼻を鳴らしたが、続けて不機嫌そうに言ってきた。

「捕まえて吐かせてみれば、『医者』を見張っていたそうではないか。誰に頼まれた？　信濃か？　右近さまか？」

「お二方とも『大病』とお思いでございますゆえ、ご心配の程度《ほど》はご同様と存じますが、私がお命じを受けましたのは信濃守さまよりでござりまする」

「……あの古狸《ふるだぬき》め」

　右京大夫は毒づいたが、これはいつものことである。

いかにも右京大夫らしいこの様子に、十左衛門は今更ながらにホッとして、つい軽口が出た。

「ご健勝にて、何よりでございました」

「ふん」

と、またも右京大夫は鼻を鳴らしたが、すぐにこう付け足してきた。

「明日からでも参るわ。信濃に、そう申しておけ」

「ははっ」

再び十左衛門が平伏に戻ったのを見下ろすと、右京大夫はすっくと立ち上がって、客間から出ていったようだった。

奥へと向かうらしいその足音が聞こえているから、十左衛門はまだ平伏のままである。

するとその足音が小さくなって聞こえなくなるのを待ち構えていたかのように、横手から「妹尾さま」と声がかかった。

顔を上げてみれば、さっき自己紹介をした後、幾四郎の話をしてくれたこの家の家老、菅谷《すがや》清章《きよあき》である。見たところ、四十五になる十左衛門より《こちら》は、幾つか上という風だった。

「今、主人《あるじ》が明日より登城すると申しましたが、登城は無理でございます。なかったことにしてくださいませ」

「え？　いや、ですが……」

だがあの通り、右京大夫はもう元気そうである。何と言えばいいのか十左衛門が返事に困っていると、菅谷はこちらに膝を進めて近づいてきた。

「実は先般、お城からの帰りに、主人は命を狙われたのでございます」

「えっ、お命を？」

「はい……」

右京大夫が欠勤を始めた前日のことである。

二十日以上も前のその頃、月番の老中は周防守ではなく右京大夫で、その日もいつもの月番の忙しさで、城を出た時にはすっかり暗くなっていた。

通勤の登城とはいえ、七万二千石の大名の行列だから、八十人あまりの供揃えになる。先発の提灯《ちょうちん》持ちや槍持ち、旗持ち、若党など、結構な人数が歩き出した後に、右京大夫を乗せた駕籠《のりもの》が動き出し、上屋敷へと向かったが、いつものごとく、すぐに途中で足踏みになった。

大勢の者がそれぞれにあれこれ持ち抱えて嵩張《かさば》り、よけいに列が長くなっている上に、屋敷までの距離が短すぎるのである。

辰ノ口にある高崎藩の上屋敷は、城の大手門を出て、幾つか角を曲がり、堀を渡ると、すぐそこで、屋敷の前まで着いた先発の者たちが門番に門を開けさせてから、武家の行列らしく、ゆったりと威厳を持って入っていくので、後ろは渋滞して足踏みになるのだ。

その時であった。

右京大夫を乗せた駕籠は、ちょうど堀を渡る橋の上で足踏みをしていたそうなのだが、列が止まったその隙を狙って、どこからか矢が飛んできたのである。

「暗くて、敵も狙いそびれたのでございましょうが、本当に危ないところでございました」

駕籠を担いでいた六尺たちが言うには、ビュッと風を切る音が聞こえたと思ったら、矢が一本、乗り物の屋根に突き立っていたという。

「あと少し、矢が下に逸れていたらと思うと、ぞっといたしました」

家老の菅谷はそう言って、ぶるぶると首を振っている。

「敵なる者に、お心当たりは？」

「……ああ、いえ……」

「………？」

菅谷は「いえ」と言ったが、どうやら何ぞ心当たりがあるのかもしれない。とたんに、こちらと目が合わぬようしている。

だがそれには気づかないふりをして、十左衛門はこう言った。

「信濃守さまには、いましばらく『病』ということで、申し上げておきましょう。もし何か私なんぞでお力になれることならば、何なりとお申しつけくださりませ」

「ありがとうございます」

これはさっそく調べてみねばならぬと思いながら、十左衛門は漆田幾四郎を連れて帰途につくのだった。


「……『御家騒動』でございましょうか？」

遠慮もなくそう言ってのけたのは、橘斗三郎である。

斗三郎は妹尾家の家臣から「漆田幾四郎が捕まった」との報せを受けて、急ぎ駿河台の十左衛門の屋敷に駆けつけてきていたのである。

幾四郎を連れて戻ってきた十左衛門が、一連の話をして聞かせ、そのまま家臣たちとともに会議のようになっていた。

「ご家老の菅谷さまは、口ごもっておられたのでございましょう？　もし敵に心当たりがなく、ごく普通に外部《そと》の者に狙われたと考えておられるならば、隠す必要などござりませぬ。欠勤せねばならぬ理由として、堂々と老中方にお報せになられるはずで……」

斗三郎の推理は、いつもながら明解である。

「さよう。藩内《なか》に何ぞかあるのは、間違いなかろうな」

うなずいて、十左衛門も報告をつけ足した。

「だが、敵がおるのは上屋敷の他《そと》だ。あの屋敷にはおるまい。右京大夫さまが奥に退いていかれるのを、家老は案じていなかった」

「なれば、やはり国許から何者かが？」

「うむ……」

おそらくは国許に何ぞかあるのであろうが、それを右京大夫やあの家老が話してくれるとは思えない。

この先の調査《しらべ》をどうするか、十左衛門が沈思し始めていると、

「義兄上《あにうえ》」

と、横手から斗三郎が声をかけてきた。

「ちと私、お国許の高崎のほうを、覗いてまいりまする」

「おう。そうしてくれるか？」

とたんに明るい顔になった義兄に、「はい」と、斗三郎は笑いかけた。

「幾四郎どのをば、お貸しいただく訳にはまいりませんでしょうか？」

「…………！」

その言葉に反応して、十左衛門より先に返事をしそうになっているのは、漆田幾四郎である。名誉挽回の機会を願う期待の目を向けられて、十左衛門は笑い出した。

「うむ。なれば幾四郎、斗三郎の命《めい》を受け、しっかりと役に立ってまいるのだぞ」

「ははっ。心得ましてござりまする」

そうして翌朝、急ぎ旅支度を整えた漆田幾四郎は、斗三郎や橘家の家臣数人とともに、勇んで高崎へと出立していったのだった。

五

江戸から高崎へと向かうには、中山道《なかせんどう》を通っていくことになる。

ごく早朝、まだ日が明けきらぬうちに江戸を出立した斗三郎ら一行は、男ばかりの健脚を武器にして、板橋《いたばし》、蕨《わらび》、浦和《うらわ》、大宮《おおみや》、上尾《あげお》の宿《しゅく》まで通り抜け、日がとっぷりと暮れてから桶川宿《おけがわ》の旅籠に泊まった。

だが、ここからが長かった。

翌朝、一行は旅籠の客の誰よりも早く出立して、桶川から鴻巣《こうのす》、熊谷《くまがや》、深谷《ふかや》まで、およそ九里も歩いてはきたのだが、深谷宿に着いた時には真っ暗で、仕方なく二泊目の宿を取った。

そして三日目、深谷から本庄《ほんじょう》を抜けて新町《しんまち》の宿場と、いよいよ武蔵《むさし》の国から上野の国へと入り、新町宿の次の倉賀野《くらがの》宿も歩き抜き、夕方ようやく高崎の城下に入った。

元来、徒目付は「徒歩《かち》」というだけあって歩兵だから、よほどのことがないかぎり馬に乗ることは許されない。

そうしたところが目付のような旗本とは違い、案件の調査一つするにも、なかなかに大変なところであった。

石高・七万二千石の藩の城下町だけあって、高崎は、これまでの宿場町とは桁違いのにぎやかさを見せている。一行は素泊まりの旅籠を取って、寝る場所の確保だけすると、飯を喰いにさっそく街中に繰り出した。

夕飯付きの宿を取り、夜くらいゆっくりすればいいようなものだが、そうせずに、わざわざ外で飯を喰ったり、酒を飲んだりするのには、相応の理由《わけ》がある。

旅人やこの城下の住人たちが雑多に集まってくる街中には、目付方として「拾える話」が満載で、これこそが、わざわざ高崎まで足を運んだ目的であるからだった。

「斗三郎さま。やはり城下は、にぎやかでございますね」

ようやく着いた喜びもあいまって、漆田幾四郎は、いささかはしゃいでいるようである。その幾四郎に顔を寄せると、斗三郎は小声で戒《いまし》めた。

「これ！　そなたは『旗本の息子』で、俺は『その家《や》の若党』だぞ。自分の家の家臣を、『斗三郎さま』などと呼んで、いかがする？」

「そうでございました。申し訳ござりませぬ」

「ほれ。それがいけないと申すに……」

「…………」

実は斗三郎、妹尾家から、幾四郎を借りてきたのには訳があった。

幾四郎を「小禄の貧乏旗本の四男」に仕立てて、自分や橘家の家臣二人は、幾四郎の家の家来ということにして、通行手形も目付の十左衛門の保証《みとめ》で贋《にせ》のものを造ってもらい、これまでの道中でも他人の前ではずっとその設定で通してきたのである。

お互いに名を呼び違えるとまずいから、名だけは全員、そのままを使っている。

そうしてこの幾四郎が、なぜ斗三郎ら家臣を連れて江戸から高崎まで来たかというと、貧乏旗本の四男である幾四郎が、こたび幕府御用達《ごようたし》の商人の仲立ちで、高崎城下の大商家に娘婿《むすめむこ》として養子に入ることになり、「事前に高崎の城下を見ておきたい」と、半ばお忍びで江戸から遊山《ゆさん》に来たという触れ込みになっていた。

この「縁談の事前調査」という設定は、斗三郎が目付方の調査《しらべ》で、よく使う手法である。

それというのも、たとえば今回で言うならば、「高崎城下に、何ぞ大きな騒動はないか」、あれこれと土地の者から話を聞いてまわろうと思っているのだが、見ず知らずの江戸の侍から「城下の様子はどうだ?」などと訊かれれば、誰だってこちらを不審に思い、「触らぬ神に祟《たた》りなし」とばかりに口を閉ざしてしまうに決まっているのだ。

ところが、ここで一言「縁談話が持ち上がっているのだが、高崎は遠いから、心配でたまらず、町の様子を見に来た」と口実をつければ、訊かれた相手は、一気に警戒を解いてくれる。

そうして幾四郎の母親である旗本の奥方が、ひどく心配している話などして、「よければここで、話などしながら一緒に飲んでくれないか」と、飯だの酒だの、大盤振る舞いしたりすれば、「いや、まったく、江戸から婿に来るのでは、どんなにか心細かろう。高崎のことなら、町の隅まで知っているから、どんなことでも訊いてくれ」と、親身になって、いろいろと教えてくれるのである。

今ちょうど斗三郎が飯屋でつかまえた四十がらみのほろ酔いの大工も、「俺にも息子が一人いて、娘のほうは三人もいる」と、すっかり意気投合して、話をしてくれている一人であった。

「ほう……。なれば、この高崎の城下も、江戸と同じで、さして物価は安くはないということでござるな」

斗三郎が大工に酌をしながらそう言うと、女房と子供四人を養っているその男は、何度も大きくうなずいた。

「あっしが若え時分は、いい町《とこ》だったんでごぜえやすよ。米だって味噌だって、今よかうんと安くてね。所帯を張るにも、困ることとなんざ、これっぽっちもなかったんでさァ。米を買うのに、女房が泣きごと言い出したなァ、殿さまが『ご老中』とやらになってからの話でござんして……」

城下では米の値段が吊り上がり、それに呼応して、油も塩も味噌も醤油も高くなり、物価が全体、高騰してしまっているという。

「やはり藩主が『老中』にもなると、自然、高崎藩も家格が上がり、物価も江戸と変わらぬようになってしまうということか……」

独《ひと》り言のようにそう言った幾四郎に、いっせいに斗三郎や大工ら一同の視線が集まった。

「……坊ちゃん。冗談は、よしにしてくだせえやしよ……」

ため息まじりに声をかけてきたのは、大工である。

「これから大店《おおだな》の婿に入《へえ》ろうってお人が、そんなこと口に出しちゃァいけませんやね」

「え？」

と、まだ言われていることの意味が判らないらしい幾四郎に、斗三郎は横手から、そっと助け舟を出した。

「老中職に就くともなると、それなりに、江戸で何でも立派な拵《こしら》えにせねばなりませぬゆえ、万事に金がかかるのでございましょう。おそらくは藩が年貢の米を高崎の城下に売らず、高値で売れる江戸に運んで売りさばいてしまったゆえ、城下に米が足りぬようになったのだと存じます」

「なるほど！　それで物価が上がったという訳ですね？」

「はい」

　これ以上、幾四郎に喋らせ続けると、いろいろな意味で、正体がばれてしまいそうである。

　斗三郎は幾四郎と話さずに済むよう、大工のほうに向き直ると、まだ空《から》でもない杯に、無理やり足して酌をした。

　受けて大工も頭を下げると、幾四郎に聞こえぬように、小さい声で言ってくる。

「お武家のご家来衆ってえのも、大変《てえへん》でごぜえやすな」

「まあ……」

　苦笑いを見せると、斗三郎は、いよいよ本題に斬り込んでみた。

「しかしながら、そうして米まで江戸に持っていかれてしまって、よく皆がおとなしく黙っているものでございますな」

「いやそれが、藩のお偉いさんが何にも言えねえもんだから、井野村《いのむら》の大名主さまがご直訴《じきそ》をなさいましてね。……お可哀相《かええそう》に、村の年貢が下がったのはいいんでござんすがね、自分のほうは捕まって、いつ首を切られちまうもんか……」

「なれば、一揆《いっき》が？」

　思わず身を乗り出した斗三郎に、だが大工は、説明しづらそうに首を横に振ってきた。

「一揆《それ》とも、ちっと、違うんでごぜえやすがね」

「……………？」

## 六

大工に聞いた高崎藩の騒動は、いささか複雑な代物であった。

まずは高崎藩の年貢の取り立てについて、である。

幕府の領地である天領などでは、よく「四公六民《しこうろくみん》」などといい、その領内の全収穫高の四割を年貢として領主に納め、残りの六割を百姓たちが自分たちのものとすると いう取り分の決め事があるのだが、ここ数年、高崎藩は本当にひどかった。

取り分けが、なんと「八公二民《はちこうにみん》」といわれるまでなってしまっていたのである。

むろん、酷《こく》な年貢を強《し》いている藩のほうにも事情はある。

老中職に就いている間は、毎日休みなく江戸城に出勤しなければならないため、当然のごとく参勤交代は無しになり、藩主をはじめとした大勢の供《とも》の家臣が、その間、江戸に居っきりとなる。

その大勢の家臣を、物価の高い江戸で長年生活させていくには、莫大な金がかかったのである。

とはいえ、やはり藩の年貢の取り立てようは、あまりにも酷《ひど》すぎた。

年貢米の納入の際には、村の名主ら役人百姓たちも立ち会いのもと、藩の役人が米を量《はか》って、あらかじめ決めた量だけ持っていってしまうのだが、その量り方に見え見えの小細工があったのである。

まず道具は、十升《しょう》の米をいっぺんに量ることのできる一斗枡《いっとます》を使う。

この一斗枡に米を一杯ずつ汲んで量っていくのだが、汲み上げる際には、多かれ少なかれ、表面は山盛りの状態になる。

普通であれば、山盛りになったこの分は、一斗より多くなってしまうので、木や竹の棒でスッと払って表面を平らにするのだが、ここ数年の藩のやり方は汚かった。

一般に「斗掻《とか》き」と呼ぶ、この山盛りの棒払いをせずに、そのまま「一斗」として、次々と山盛りで量っていたのである。

おまけに枡の側面を、コンコン、コンコンと棒で叩いて、できるだけ米と米の空間が詰まって、一斗枡に多く入るようにもしていた。

これでは「一斗」に、おびただしいほど余分に入ってしまい、それでも藩の侍を相手に文句を言うこともできなくて、村の者らは血の涙を流すようにして我慢していたのである。

だが今年、とうとう我慢できなくなった名主が出た。

高崎藩領内にある井野村の大名主、関口与五右衛門《せきぐちよごえもん》という四十五歳の男である。

他村の村役人たちと同様、与五右衛門も唇を嚙みしめて、何年も我慢し続けてきたのだが、今年とうとう堪忍袋《かんにんぶくろ》の緒が切れて、「量り方を、きちんとした形に戻して欲しい」と、藩の役人を相手に異議を申し立ててしまったのだ。

普通こうして、分をわきまえずに直訴などすれば、たとえ正当な異議であっても罪にはなり、意見は取り上げられて改善される代わりに、直訴をした者は厳罰に処されることになる。

だが高崎藩の場合、藩主の右京大夫は江戸にいて、国許の百姓たちをそれほどに苦しめていたことをずっと知らずにいたため、関口与五右衛門の直訴の報告を国許の家老から知らされて、右京大夫は心底から驚いたのである。

「井野村の名主の申すことは、一々もっともである。幾年前から『斗搔き』をせずに量っていたか、その年数を関口に訊いて確かめた上で、不正に取り立てた分の米を量って、百姓に返してやるがよい」

と、国許の家老に命《めい》を出した。

むろん直訴をした関口与五右衛門のことも、右京大夫は「構《かま》い無《な》し」として許してやっていた。

その上で与五右衛門を高崎城に呼びつけて、城の備蓄米のなかから、これまで不正に取り立てていた分を計算して返すようにも、江戸から指示を飛ばした。

粗《あら》計算ではあるのだが、その量は、実に数十俵にも及んだという。その数十俵を、藩の役人たちは、「世間に知られぬよう、夜分のうちに密かに村へ持って帰れ」と、与五右衛門に命じた。

藩の役人たちの側にも、「面目《めんもく》」というものがあったからである。

そもそも小汚い量り方をしていた藩の役人とて、その余剰を別に自分の懐《ふところ》へ入れていた訳ではなく、財政難の藩の窮状を救おうとしてやっていただけなのである。

その藩士らの気持ちは、江戸の右京大夫にも伝わっていたから、役人らの進退についても「構い無し」となっていた。

だからこそ、この数年の悪弊はすべてなかったことにして、数十俵は、こっそり持ち帰って欲しかったのである。

だが関口与五右衛門は、やけに男気がありすぎた。

藩がここ数年、これほどに悪辣な不正をし続けていた事実《こと》を、広く高崎の城下にも知らしめたいと思ったのである。

村の者らの手を借りて、城の米蔵からは、ちゃんと夜分に運び出してきた与五右衛門であったが、一策を講じ、夜が明けて城下に人が出てくる時分には、高崎城の追手門の前にその数十俵を積み上げて、ご丁寧にも『この米、御量り誤り分』と張り紙までして、衆目《しゅうもく》に晒《さら》してのけたのだった。

この与五右衛門のやりようは、藩の役人たちの面目を大いに潰した。

ここまでしては、藩に向かって反旗を上げたも同じことで、与五右衛門は一揆を起こした首謀者と同様に、徒党罪として処罰を受けることになってしまった。

そうして今、この生意気で頑固ではあるが、これっぽっちも間違ったことはしておらず、なおかつ正々堂々としている関口与五右衛門の進退を、どこにどう収めればよいものか、国許の家老ら重鎮たちは、困って頭を抱えているところだったのである。

七

「うむ……。なれば、その『関口』とやらの身内か、信奉者あたりが、右京大夫さまの命を狙っておるのであろうか……」

「はい。ただし身内は百姓でございますゆえ、弓で狙うと申しますと、やはり浪人か藩士かと……」

「さようだな」

今、十左衛門と斗三郎は二人きり、余人を入れず、妹尾家の十左衛門の居間で話をしているところである。

と、その奥の座敷に「失礼をいたします」と、襖の外から声がかかった。この声は、くだんの若党、飯田路之介のものである。

「たった今、また高崎藩のご家中から、文が届きました」

「なにっ？」

「義兄上！」

そう言った義兄弟《きょうだい》の声が重なって、封を開けるのももどかしく、二人は額を付き合わせて、文の中身を読んだ。

文の署名は、家老の菅谷清章である。

内容は、「明晩、できれば人の目につかぬよう、上屋敷に顔を出して欲しい」と、いうものであった。

「何でございましょう？　まさか私どもが高崎であちこち聞きまわりましたのが、お耳に入ったのでございましょうか？」

「うむ……」

斗三郎と二人、十左衛門は顔を見合わすのだった。

翌日、十左衛門が右京大夫の上屋敷を訪ねたのは、通りに人の往来がすっかりなくなった、夜四ツ（午後十時位）少し前のことだった。供の家臣を大勢連れていたのでは人目についてしまうゆえ、十左衛門は斗三郎を連れているだけである。

先日と同じ客間に通されて、右京大夫のお出ましを待っていると、ほどなく奥に続く襖のほうから現れた右京大夫は、座るなり、単刀直入に斬り込んできた。

「おい。おぬしら義兄弟《きょうだい》のことゆえ、どうであの後、調べたのであろう。どこまで知っておるのだ？」

「はい……」

もとは小出信濃守に頼まれた一件《こと》であるから、できるだけ波風は立てたくない。右京大夫の怒りに火がつかぬよう慎重に言葉を選んで、十左衛門は答えた。

「ご家老さまより『お命を……』とお伺いいたしましたので、ちと心配になりまして、勝手ながらお国許のほうに、この義弟《おとうと》を参らせました」

「ふん！」

忌々《いまいま》しそうに、右京大夫は一瞬そっぽを向いてしまったが、すぐにこちらに向き直った。

「まあよい。なれば、話が早いというものだ」

自分で言ってうなずくと、右京大夫は先を繋げてこう言った。

「十左衛門。そなた、ちと深川に参って、うちが下屋敷の連中に、言伝《ことづて》をしてきてくれ」

「下屋敷、でございますか……？」

「うむ」

以前、斗三郎が調べてきたところによれば、高崎藩の下屋敷は、深川石原町《いしはらちょう》の大川沿いにあるはずである。

だがその下屋敷に出向いて藩士たちに言伝をしろとは、どういうことであろう。

意味が判らず、思わず怪訝な顔つきになった十左衛門に、「おい！」と、右京大夫は本気で腹を立て始めたようだった。

「人の家《や》の話に首を突っ込んだは、そなたであろう？　どうで突っ込んだ首なら、今さら退くな！」

「……殿！」

横手から少し強めに諫《いさ》めてきたのは、家老の菅谷である。

「妹尾さま。お頼みの次第につきましては、不肖《ふしょう》、私が、申し上げさせていただきます」

言伝というのは、だがいざ聞いてみると、正式な藩主からの命令であった。

『こたび関口与五右衛門が身柄を、国許から江戸藩邸に移し、藩主・右京大夫が直々に話を聞くゆえ、その関口が護送を、番頭《ばんがしら》・菅谷清乗《きよのり》に申し付くるものなり』

番頭というのは、幕府の番方と同様、藩主や藩を守って警護する役の者である。

高崎藩の場合、この番頭の職はかなりな高官らしく、菅谷清乗というその藩士などは、十五年前、側用人《そばようにん》に任じられた後、七年前に番頭へと昇進を果たしたという。

だが菅谷清乗の出世は、この後、ぱったりと止まったらしい。

本人は、おそらくその先の昇進を家老職まで考えていたようであったが、藩主・右京大夫は江戸に居て、国許の人事にまで考えを及ばす余裕はなかったのである。

これが元来、一徹な性質の、菅谷清乗を腐らせた。

とはいえ、我が身が出世できぬ鬱憤を、そのままに周囲に吹聴《ふいちょう》などしようものなら、「あれでは家老に上がれぬのも当然……」と、皆に呆れられてしまう。

それゆえ菅谷清乗は、藩の財政が苦しいことについて意見をし、江戸在住にかかる費用を節減するため、江戸詰めの藩士の半数をこっそり国許に帰らせることを提案する建白書を、江戸の藩主に宛てて送った。

だが、江戸では、とにかく右京大夫は老中職で忙しい。

おまけに藩士の半数を戻してしまっては、毎日の登城の供揃《ともぞろ》えにも困ってしまうため、菅谷清乗の建白に何の返答もしないまま、早い話が「ほったらかし」にしてしまったのである。

これが菅谷清乗の「藩主への不信や反骨」に、はっきり火をつけてしまった。

おまけに幸か不幸か、国許では関口与五右衛門の騒動が持ち上がっている。

清乗は、ここぞとばかりに与五右衛門を賛辞して、自分の建白書の内容と与五右衛門の藩への抗議をない混ぜにして、現藩主や藩のありようを批判して、藩士らを焚き付けたのである。

今、困窮を極めている高崎藩のなかでも、もともと禄が少ない下級藩士たちは、こうした内紛の旗頭になる高官が現れるのを待っていた。

菅谷の家は、名家である。

現藩主・右京大夫の退任と、右京大夫の嫡子の藩主着任を求めて、菅谷清乗はこっそり国許を出立し、清乗を旗頭として集まる不平藩士らの手によって、江戸の下屋敷に匿《かくま》われていたのだ。

「実を申せば、この番頭の菅谷清乗は、私の実弟なのでございます……」

「えっ、ご実弟と……？」

驚いて十左衛門は目を見開いたが、よくよく考えてみれば、この江戸家老の名も、菅谷清章なのである。

この清章は、まだ十五の歳に先々代の藩主に拝謁を許されて、馬廻り役を手始めに、物頭《ものがしら》、用人、家老と、とんとん拍子に出世し続けてきた切れ者であった。

弟の清乗は、この兄との比較があるものだから、自分の出世ばかりがままならないことが、納得できずにいるに違いなかった。

「お恥ずかしい話ながら、もはや清乗は、兄の私の申すことなど、一言たりとも聞こうとはいたしませぬ。それに、もとより弟は江戸にはおらぬはずの存在でございますゆえ、殿がこうして正式に、番頭としての清乗に命《めい》をお下しになられたとしても、そのままに素直に受ける訳もございませんので……」

「…………」

　もはや軽々しく返事をすることもできずに、十左衛門が目を落としていると、ずっと話を家老に任せて黙っていた右京大夫が、めずらしく静かに口を開いた。

「関口与五右衛門やらと申すその名主を、刑に処さずに済むように、高崎より江戸まで連れてくる途中で、上手《うま》く逃がしてしまいたいのだ」

「右京大夫さま……」

　思いもかけぬ展開に、十左衛門は、右京大夫の懐の深さを、今さらながらに感じていた。

「では、それがために、下屋敷においでの番頭どのに……？」

「うむ」

　しっかりと、こちらの目を見てうなずいてきた右京大夫に、十左衛門はバッと再び畳の上に平伏していた。

「お引き受けをいたしまする。右京大夫さまが領民におかけになられるご温情、拙者、必ずや、お言伝してまいりますゆえ」

「よう、申してくれた。十左衛門、頼んだぞ」

「ははっ」

こうして十左衛門は、右京大夫の信条をともに、下屋敷に向かうことを確約したのだった。

## 八

十左衛門が斗三郎にのみ供をさせて、深川石原町の高崎藩の下屋敷に乗り込んでいったのは、翌日の昼下がりのことであった。

とはいえ「乗り込んだ」といっても、別に切り口上で、旗頭の菅谷清秉に面談を求めていった訳ではない。

十左衛門と斗三郎は相談の上、まずは「幕府目付方だ」と正式に名乗って訪ねていき、おそらくは向こうの藩士たちが「なぜ幕府の目付が、支配違いの大名家に来たのか？」と、訳も判らぬまままとりあえずどこかの座敷に通してくれたところで、「実は本日、目付の職掌でお訪ねした訳でもないのだが……」と、いささか騙しのように本題に入ろうと、策を練っていたのである。

目付方は普段から、探るに難しい案件も抱えて動いているから、自然、こうしたことには手慣れている。今回も、策はまんまと成功し、座敷に通されて小半刻（三十分位）の後には、十左衛門ら二人の前に、くだんの番頭・菅谷清乗が座していた。

上屋敷にいる家老の兄と、幾つも歳が違わないのであろう。昨日の兄も、今日のこの弟も、見たところ四十五を少し過ぎたあたりかと思われたが、顔立ちのほうはあまり似てはいなかった。

今、目の前の清乗は、不審な来客に顔が険しくなっているせいもあるのだろうが、どことなく温和で人好きのする顔立ちの兄に対し、清乗のほうは番方らしく厳《いか》つくて、目つきも鋭い。

その強面《こわもて》で、じろりとこちらを一瞥すると、清乗は口を開いた。

「御目付方のご筆頭と伺った。その天下の『御目付さま』が、お役目でもなく拙者を訪ねてこられるとはいうのは、いかがなものか？」

清乗の今の「いかが？」は、むろん目付方を責めているのである。

支配違いの目付ごときが大名家に何の手出しもできないのは判っているから、「藩主交代」を企てている清乗も平気で顔を出してきたのであろうが、十左衛門と斗三郎にとっては、まさしくそこがこちらが付け入ることのできる隙間であった。

だがこの先、清乗に無事に会うことができたこのあとは、十左衛門らに策はない。

今、清乗に指摘された通り、目付がこうして藩邸を訪ねるなど、場違いなこと、この上もないのだ。

「今日こたび、こうしてお訪ねをいたしましたのは、お言伝を頼まれましたからにござりまする」

「言伝……？」

「はい」

と、十左衛門は怪訝な顔をしている清乗に、面と向かって言い放った。

「現ご藩主・右京大夫輝高さまよりの、お言伝にござりまする」

「なにっ！」

くわっと血相を変えた菅谷清乗がその場で仁王立ちになると、閉じた襖の向こう、廊下や続きの間に控えていたらしい藩士たちが、次々と襖を引き開けて、こちらへとにじり込んで来た。

見たところ、三十人ほどはいるであろうか。皆、腰を浮かせたり、すぐに立ち上がれるよう片膝立ちになったりしていたが、手は揃って、腰の刀にかかっている。

その殺気立った男たちを、十左衛門は、静かに畳に正座した形のまま、わざとぐるりと睨《ね》めまわした。

「右京大夫さまにおかれては、『何としても関口与五右衛門どのを逃がしたい』と仰せだ。幸いにして、お国許の高崎から、この江戸までは遠い。清乗どのにはお番頭として江戸までの護送をお頼みし、その途中、どこぞ関口どのが逃げのびる機会を整えてやるようにとの、ご命じであられた」

「…………」

仁王立ちになったまま菅谷清乗は、さっきとは一転して、しきりに目を泳がせている。一息《ひといき》にすべて説明した十左衛門の言葉を、いかように受け取ればいいものか、正直まだ判別がつきかねるといった表情であった。

見れば藩士の一同も、手は刀にかけたままながら、すでに殺気は失っている。

このあとを清乗ら男たちがどう出るか、十左衛門が義弟と二人、万が一にも斬りかかられた場合のことも考えて、静かに呼吸を合わせていると、早くも男たちの幾人かは、それぞれに、こそこそ隣と話し始めた。

「では殿は、やはりどこまでも関口を、赦《ゆる》してやろうとのお考えか……」

「うむ……」

「国許や藩邸に置いたのでは、どうで打ち首にでもせねば、藩の沽券《こけん》に関わるゆえな……。『道中に逃げよ』とは、なかなかのお計らいだ」

「おい！」

と、横手から鋭く仲間を諫めてきたのは、すでに刀の鯉口《こいぐち》を切っている男である。

「菅谷さまのご面前で、何を寝ぼけたことを申しておるのだ。老中に『犬』と飼われた目付の言うことなど、何を信じろというのだ？」

「黙らっしゃいッ！」

怒声鋭く、一同に響かせたのは、十左衛門である。

「老中だ、目付だ、名主だなどと、尻の穴の小さきことを申すでない！『関口どのが命を守らん』と欲するは、ただ人間《ひと》の真《まこと》のことぞ。その一念があればこそ、右京大夫さまは、目付の私なんぞに頼まれたのだ」

年貢米の取り立てに非道が見つかったゆえ、その非道を正して、米も百姓に返さねばと思ったのであろうし、非道を示唆してくれた関口を「我が藩の誇るべき良民」と思うから、どうあっても命を守ってやりたいと思うのであろう。

だが藩主として、ただ関口に「構い無し」と命じれば、これまでずっと国許で苦しい藩財政を救おうとしていた藩士の気持ちを踏みにじることになってしまうから、こうしてこっそり清乗に命じて「関口を逃がしてくれ」と言っているのだ。

「そも、ご老中などという御職は、そうしたことの繰り返しだ。人間《ひと》が大勢集まって、金子《きんす》や名誉までが絡まれば、『これは何を真として、今は誰を守るべきか』が見えなくなる。その正解《こたえ》を折々に懸命に探して、日々休みなく、諸方に心を砕いていくのが、あの御職なのだ」

そうして迷い悩みながらも、さまざまなことを決裁し、「老中」として自分の名を署名して、その責任を取るのである。

「こたびの一件《こと》とて、右京大夫さまは懸命に、藩のため、関口どののため、貴殿らご藩士のために、『どう動けばすべてを救えるものか』と、考えておいでなのでござろうよ」

さもなくば、この下屋敷に菅谷清乗を旗頭にした反乱分子が集まっていて、おそらくは自分の命を狙ったのも、その者らではないかと見当がついているというのに、下屋敷《ここ》をそのままに放っておく訳がない。

清乗らを捕まえたり罰したりするつもりなら、もうとうに捕り手が踏み込んできているはずなのだ。

「……妹尾どの」

仁王立ちを解いて座した清乗が、改めて十左衛門の目を見てきて、言った。

「関口与五右衛門が護送の儀、心して相務めさせていただきまするに、よしなにお言伝くだされ」

「承知いたしました。なれば……」

十左衛門が斗三郎と連れ立って、動き出すと、三十人からいた藩士たちが、さっと左右に退いて道を作ってくれた。

「御目付さま。先ほどは、まことにご無礼を……」

素直に謝ってきたのは、さっき十左衛門を「犬呼ばわり」したあの藩士である。

「ああいや、お気になさらず……」

やはり藩士というものは、存外、藩主に似るものなのかもしれない。

皆に見送られて下屋敷を去りながら、十左衛門はつらつらと右京大夫の顔を思い出すのだった。

九

右京大夫や家老の菅谷清章との約束で、十左衛門は今回の高崎藩の一件については、いっさい誰にも話さず、目付仲間にはもちろん小出信濃守への報告でも、「欠勤は病のせい」で押し通した。

「医者が多くて、ちと調査《しらべ》に手間取ったのでございますが、日頃より高崎藩にお出入りの医者ばかりではなく、名医と名高い町医まであれこれとお呼びになられて、やはり随分な大病だったようにござりまする。しかして、町医の一人が長崎から取り寄せた薬がようやくに届き、それがおかげで、ぐんと良くなられたそうにございました」

十左衛門がそう言って小出信濃守を喜ばせたのは、下屋敷に『言伝』に行った次の日のことである。

それから幾日も経たぬうちに、右京大夫も、再び御用部屋へ上がるようになった。今は月番でこそないらしいが、右京大夫は以前と全く変わらない様子で、精力的に老中職をこなしているらしい。

その右京大夫から「明晩、上屋敷に顔を出せ」と報せがきたのは、さらに一月《ひとつき》近くも経ってからのことだった。

「おう、十左。参ったか」

「はい。右京大夫さまには、ご健勝にて何よりで……」

「ふん。今さら恩に着せるな」

「はい。ご無礼をいたしました」

十左衛門はくだんの客間に通されていて、つい久しぶりにお目にかかった次席老中を相手に軽口を叩いていたが、同じ部屋のなかに家老の菅谷清章と、その弟の菅谷清乗とが並んでいるため、何か重大な話があるに違いないと、内心、覚悟していた。

「関口与五右衛門が一件だが、奴め、いくら清乗が勧めてやっても逃げずに、とうとう江戸まで参りよった」

「え……。では？」

とたんに顔つきを固くした十左衛門に、右京大夫はうなずいて見せてきた。

高崎から江戸への道中、護送役の清乗がわざとゆっくり幾日も日をかけて、関口に逃げる機会を作ってやったというのに、その清乗の親切を無にするようにして、関口はいっこう逃げようとはしなかったらしい。

夜間、旅籠《はたご》に泊まる際にも、わざと縄目をゆるくして、するりと抜けることができるようにしておいてやったり、旅籠の部屋の襖を開けっ放しにして、逃げたくなるよう差し向けてやったりと、清乗は、ずいぶんと細かく気を配っていたそうである。

だが関口は逃げず、明日には江戸に着いてしまうという最後の一泊、蕨宿の旅籠で清乗は、とうとう関口に言って聞かせた。

「よいから逃げよ。殿の右京大夫さまも、おぬしに『逃げよ』とおっしゃっておるのだ。国許の家族がことなら大丈夫だ。この後も井野村の名主として村のために尽くすようにと、殿はもう、そなたの倅に命じて関口の家を継がせておる。ゆえに、そなたは憂いなく、とにかく命長らえることのみ考えればよいのだ」

親身になってそう言った清乗を前に、関口はハラハラと嬉し涙を流したという。

「私は、まことによき藩に生まれました。ですが逃げることは叶《かな》いません。私が今、逃げてしまっては、後の世での、良き先例にならぬではございませんか」

人の世は移りが激しく、今の右京大夫のような良き藩主が永遠に続くとは、とてものこと思えない。なれば先々に、こうした先例もあったのだと教えを残してやるためにも、この一件の最後を汚れたものにする訳にはいかないのだと、関口は涙を流しながらも、どこか凜《りん》としてそう言ったという。

「……さようでございましたか」

十左衛門は目を伏せた。

幕府でもそうだが、直訴して時の為政者に弓引いた者は、たとえその主張の正しさが認められ、意見が採択されたとしても、世を騒がした罪によって打ち首などの厳罰に処されるのが普通である。

途中で逃げず、江戸まで来てしまった以上、藩主の右京大夫とて助けてやりようがなかったに違いなかった。

重く十左衛門が押し黙っていると、前で右京大夫が、かすかにため息をついたようだった。

「まあ、この話はこれで終いだ。それよりも、こたび清乗とそなたに来てもらったのは、別のことだ」

そう言うと右京大夫は、十左衛門にではなく、部屋の片隅に座している清乗にぐっと向き直った。

「こたび、この関口が一件で思い知った。儂はあまりに『老中』が職に夢中になり、国許をすっかり忘れておった。まこと、すまなかった」

「……殿……」

藩主に頭を下げられて、清乗はさすがに慌てているようだった。

見れば、家老の清章が腰を浮かせて、主人のほうへ駆け寄ろうかとしているようである。

その清章に「来るな」というように首を横に振って見せて、右京大夫は先を続けた。

「いつの頃より、あそこまで酷な年貢を強《し》いていたのか判らぬが、あれではまこと『八公二民』と揶揄《やゆ》されても致し方ない。儂はまことに愚かしい藩主であった」

これよりは、以前、清乗が出してきた建白をじっくりと検討し、江戸滞在の費用を思い切って縮小するため、実際にどこまで江戸勤めの人数が減らせるか、どうした工夫をすれば江戸で金を使わずに済むか、勘定方の能吏も呼んで改めて話し合いの場を持つと約束し、そのまとめ役となるよう、菅谷兄弟に改めて命じたのである。

「有難き幸せ……。この清乗、兄とともに身命を賭しまして、相勤めさせていただきまする」

「うむ。頼む」

「ははっ」

平伏した菅谷清乗に右京大夫はうなずいていたが、その後に、やおらこう続けて言った。

「したが清乗、やはり儂は『老中』は辞めぬぞ」

「…………！」

思わず顔を上げた清乗に、右京大夫はぐっと身を乗り出した。

「儂は、上様に『加判之列《かはんのれつ》』として申しつけられた男だ。己の勝手で、その列を離れることはできぬ」

加判之列というのは、「老中奉書に連署して、判（花押《かおう》）を書き据える」という意味である。将軍が老中を任命する際には、決まって、

「そのほうに、加判之列、申し付《つ》くる」

と、そう命じた。

上様がそうして自ら人選して、「自分の代わりに署名し、花押も記して、奉書を出せ」と言うのだから、やはり老中奉書は、上様の意見と同等ということになる。

だが右京大夫自身は「加判之列」に、もう一つ、別のことも思っていた。

万が一、何か凶事にその奉書が使われた場合には、「上様は、直にご署名はされていない」という一点を逆手《さかて》に取り、実際に署名した自分ら四人だけが詰め腹を切ることで、署名をしていない上様の御身《おんみ》はお助けすることができるのではないか、と、そう考えているのである。

むろん幕府や上様がそうした危機に陥《おちい》るなど、あってはならぬことだが、万が一にも事が起きれば、自分が必ず他の三人の老中を説得して、自分たちが詰め腹を切るつもりであった。

「すまぬ。だが、この一心は曲げられぬ。頼む」

膝に手をつき、ぐっと低く頭を下げてきた「我が殿」に、清乗も清章もより深く平伏している。

ことに清乗は感涙しているのか、背中が震えている。

「……御意」

それでも揺れる声で清乗はそう答えて、こたびの高崎藩の騒動は、一つの決着を見たのであった。

こんな右京大夫の老中としての矜持《きょうじ》を見せつけられては、この先どれほど短気に怒鳴りつけられても、早とちりの勘違いや何かで不当になじられたとしても、絶対に右京大夫を嫌いになれないではないか。

もしかしたら、十左衛門《こちら》を未来永劫、自分の味方につけるために、この場に呼びつけたのであろうか。

一人、十左衛門はそんなことを考えて、右京大夫の横顔を優しく見つめるのだった。

二見時代小説文庫

# 老中《ろうじゅう》の矜持《きょうじ》 本丸《ほんまる》 目付部屋《めつけべや》3


著者 藤木《ふじき》 桂《かつら》

発行所 株式会社 二見書房
東京都千代田区神田三崎町二－一八－一一
電話 〇三－三五一五－二三一一［営業］
〇三－三五一五－二三一三［編集］
振替 〇〇一七〇－四－二六三九

印刷 株式会社 堀内印刷所
製本 株式会社 村上製本所

落丁・乱丁本はお取り替えいたします。
定価は、カバーに表示してあります。


 ISBN978－4－576－19028－0
https://www.futami.co.jp/

## 藤木 桂

# 本丸 目付部屋

シリーズ

以下続刊

① 本丸 目付部屋 権威に媚びぬ十人
② 江戸城炎上
③ 老中の矜持

大名の行列と旗本の一行がお城近くで鉢合わせ、旗本方の中間がけがをしたのだが、手早い目付の差配で、事件は一件落着かと思われた。ところが、目付の出しゃばりととらえた大目付の、まだ年若い大名に対する逆恨みの仕打ちに目付筆頭の妹尾十左衛門は異を唱える。さらに大目付のいかがわしい秘密が見えてきて……。正義を貫く目付十人の清々しい活躍！